書下ろし

宵(よい)の凶星(まがぼし)

風烈廻り与力・青柳剣一郎㊺

小杉健治

祥伝社文庫

目次

池之端仲町
献残屋『大福屋』
不忍池
下谷広小路
駿河台
西の丸御納戸頭
高木哲之進宅
三味線堀
新堀川
浅草寺
吾妻橋
神田明神
神田八軒町
神田川
八辻ケ原
筋違橋
小伝馬町
両国橋
神田鍛冶町
日本橋室町
古着屋『春日屋』
北町奉行所
常盤橋
日本橋
新大橋
大川
日本橋小網町
霊巌寺
南町奉行所
八丁堀
永代橋
深川
数寄屋橋
采女ヶ原馬場
木挽町一丁目
呉服屋『近江屋』

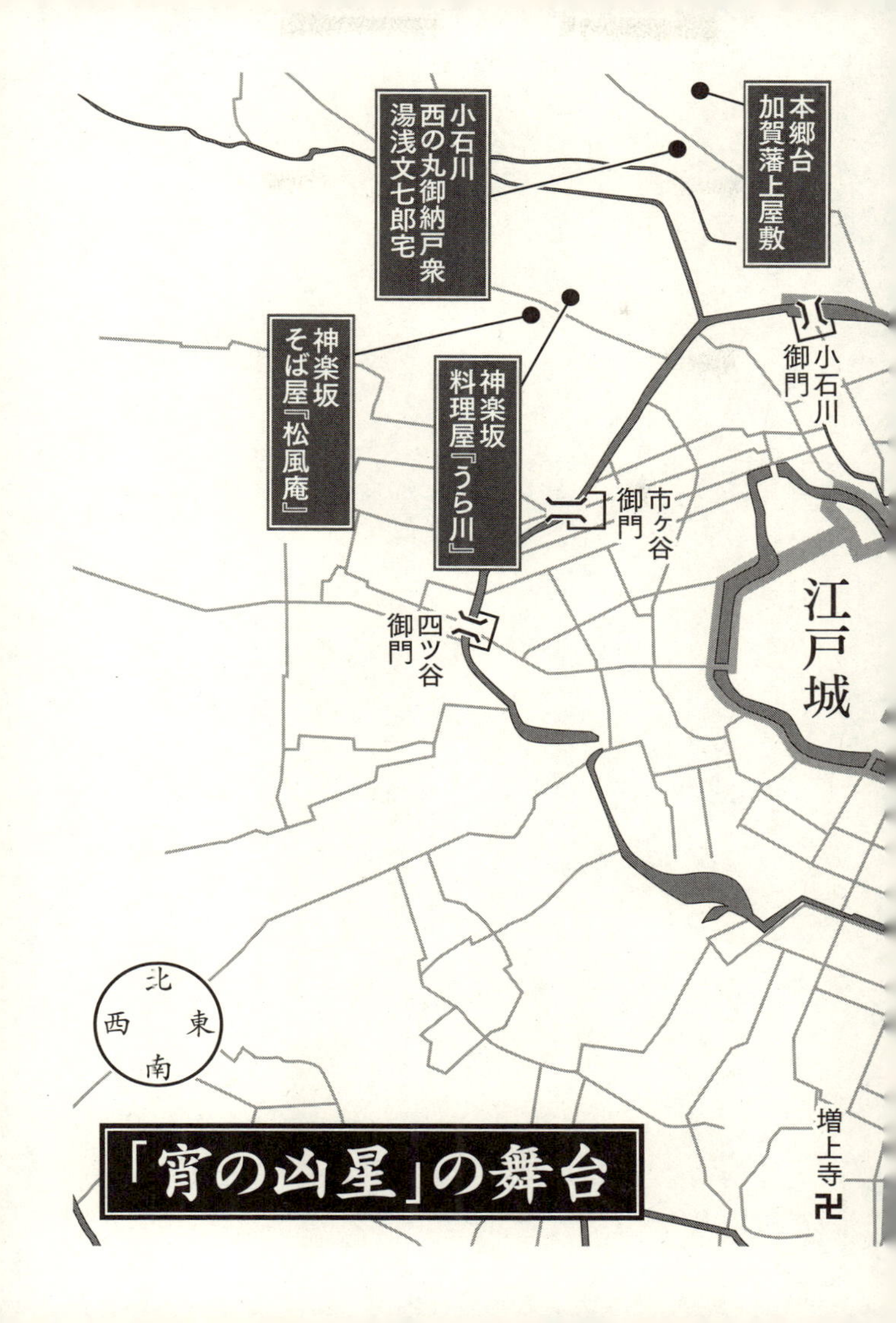

本郷台
加賀藩上屋敷
小石川
西の丸御納戸衆
湯浅文七郎宅
神楽坂
そば屋『松風庵』
神楽坂
料理屋『うら川』
小石川御門
市ヶ谷御門
四ツ谷御門
江戸城
北
西
東
南
増上寺
卍
「宵の凶星」の舞台

第一章　献上品

一

昨夜から冷たく乾いた戌亥（北西）の強い風が吹いていた。こんなときに火が出れば大火事になる。大火は戌亥の風が強く吹くときにもっとも多いのだ。失火だけではない。付け火の用心もしなければならない。

風烈廻り与力の青柳剣一郎は同心の礒島源太郎と大信田新吾と共に見廻りに出ていた。各町でも鳶の者たちが見廻っていた。

正月に小雨が降ったきりで、二月六日のきょうまでひと月以上、しばらく雨にも雪にも見舞われていない。

土は乾いていて、あちこちで砂ぼこりが舞っていた。剣一郎たちは砂ぼこりが舞うたびに立ちどまって、目を手で防がねばならなかった。

砂ぼこりに覆われ、青空もどこかかすんでいた。麴町では、火の見櫓の見張りが舞い上がる砂ぼこりを火事の煙と錯覚し、半鐘(はんしょう)を鳴らしたため火消が出動するという事態になった。

風が弱まってきたのは昼ごろからだった。空を覆っていた砂ぼこりが消えると、青空が現われ、春のやわらかい陽光が射(さ)してきた。

「やっと収まってきましたね。それにしても、ひどい風でした」

大信田新吾が目をこすりながら言う。

「砂が目に入ったか」

礒島源太郎がきく。

「いいえ、だいじょうぶです」

新吾が答える。

「夜通し歩いていたから眠くなったか」

源太郎がからかうように言う。

「眠くありません」

新吾はむきになって応じる。

「風は収まった。もう奉行所に向かおう」

剣一郎は見廻りの切り上げを宣した。夜通し警戒に当たっていたので疲れが出ているのは当然だ。

本郷から湯島切通しを経て下谷から浅草方面を見廻る予定を変え、剣一郎は奉行所に帰るために本郷通りに入った。

風が収まり、家に引っ込んでいたひとたちも外に出てきたので、ひと通りが多くなってきた。

剣一郎たちの一行は筋違橋を渡り、八辻ヶ原を突っ切り、神田須田町に入った。春の陽射しを受け、道行くひとの顔は明るく映った。

神田鍛冶町を過ぎ、本町二丁目に差しかかったとき、前方の室町のほうから叫び声が聞こえた。

「青柳さま。誰か走ってきます」

源太郎が数歩前に出て言う。剣一郎も室町方面からひとの群れを縫って走ってくる遊び人ふうの男を認めた。細身で鋭い顔つきの男だ。年の頃は二十七、八か。風呂敷包みを小脇に抱えている。

背後から岡っ引きが追っている。南町定町廻り同心植村京之進から手札をもらっている丹治だ。

逃げて来た男は、源太郎が通りの真ん中に立ちふさがったのを見て、あわてて向きを変えて本町通りに逃げた。

本町通りもひとがたくさん往来していた。その人込みに紛れようとした男は、商人ふうの男と正面からまともにぶつかった。

ふたりともその場に倒れた。風呂敷包みが地に落ちて結び目が解けた。丹治が迫ってくるのに気付いて、男はあわてて立ち上がると、風呂敷包みをそのままに逃げ出した。

丹治はそのまま男を追った。丹治の手下も続く。

源太郎が、驚いて倒れたままの商人ふうの男に声をかけた。

「だいじょうぶか」

「はい」

男は起き上がった。三十半ばぐらいの小柄な男だった。

剣一郎は風呂敷包みに手を伸ばした。結び目が解けており、隙間から目にも鮮やかな色彩が覗いている。美しい柄の反物だ。小花に草木が描かれている。

「青柳さま」

戻ってきた岡っ引きの丹治が頭を下げた。

「逃がしたか」

剣一郎はきく。

「申し訳ありません。人込みに紛れてしまって、見失いました」

「なにがあったのだ？」

「室町にある『春日屋』という古着屋に、今の男が反物を売りに来たのです。番頭が反物を見ると、かなりの上物で男のものとは思えず、もしやと思って手代を自身番まで走らせたんです。ちょうどそこにあっしがいたので、すぐに手代といっしょに『春日屋』に駆け付けました。すると、男が風呂敷包みを抱えて店を飛び出して来たので、追い掛けたって次第です」

「盗品か」

剣一郎は反物を見た。

「見事な加賀友禅だ。これほどの物を扱っている呉服商はかなり大きな商家であろう」

剣一郎は目を瞠って言う。

元禄の頃、宮崎友禅斎という絵師がはじめた、絹織物に文様を施す染色の技法が、京友禅へと発展し、その友禅斎が加賀に移ってそこから加賀友禅が生まれた。鮮やかな色彩を持った織物は高値で取り引きされ、庶民に手が届くものではない。

「加賀友禅を取り扱っている呉服商から盗まれたのか、あるいはだまし取ったのか。それを古着屋に売りつけにきたということか」

剣一郎は推し量った。

「どこからもそんな被害の届けは出てなかったはずですが……」

丹治が首を傾げた。

「もし」

商人ふうの男が声をかけてきた。

「何か」

剣一郎は男が顔に不審の色を浮かべていたので、おやっと思った。

「恐れ入ります。その反物を見せていただけませんでしょうか」

男は遠慮がちに言う。

「何か、気になるのか」

「はい。いいえ」

男は曖昧に答える。

「見るがよい」

何かを感じて、剣一郎は男に反物を渡した。

「失礼いたします」

男は反物をためつすがめつ見た。次第に顔色が変わってゆく。

剣一郎は見逃さず、

「どうかしたのか」

と、きいた。

「これは加賀の城端の絹織物にございます」

「城端？　五箇山の隣の町だな」

「はい。私は加賀藩領の城端からやって来ました、絹屋の善次郎と申します」

「絹商人か」

「さようでございます。城端産の加賀絹の販路を江戸に求めるために、しばらくこちらに来ています」

「確か城端は五箇山で生産された生糸を原料に、絹織物を作っているそうだな」

剣一郎は思い出して言う。

「よくご存じで」

善次郎はうれしそうに顔をほころばせた。

「うむ。城端の絹織物は加賀絹として京の西陣に送られ、そこで染色などの手が加えられて西陣織として売り出されていると聞いている」

「はい、そのとおりでございます」

「これは西陣ではないな」

「さようでございます。加賀で染色したものでございます。加賀藩では、京だけでなく江戸にも加賀絹として売り出そうということでして」

「しかし、これほど見事なものなら、かなり高価であろう。買うことが出来るものも限られているのでは」

「はい」

善次郎は戸惑いぎみに、

「この絹織物は……」

と口にしたが、次の言葉を呑み込んだ。

「どうした?」

「あっ、いいえ。申し訳ございません。いい加減なことを口にするわけにはいきません」

善次郎は急に用心深くなった。

「誰の持ち物なのか、想像がつくのだな」

剣一郎は察して言う。

「はい。でも、もしかしたら私の勘違いかもしれませんので、確かめてからお話しさせていただきます」

善次郎は慎重だった。

「わかった。はっきりしたら知らせてもらおう」

「わかりました」

剣一郎は反物を受け取って、

「ともかく、この反物は奉行所で保管しておく。今のところ、反物が盗まれたという被害の届けはない。そなたの調べを待つのみだ」

善次郎は迷っていたようだが、

「じつは」

と、意を決したように真剣な顔になって切り出した。

「この絹織物は献上品のはずでございます」

「献上品？」

「はい。この友禅染は、加賀の友禅作家の第一人者である宮田清州（みやたせいしゅう）が城端の絹織物に染めたものでございます。献上した先から盗まれたとは考えづらく、献上する前に何か手違いがあったのかもしれないと思いまして」

「なるほど」

献上する品物を途中で掠め取った者がいるのではないかと考えたのであろう。

「献上先はどこだ？」

「それは……」

「真にこれが城端のものとすれば、献上しようとしたのは加賀前田家ということになる。加賀前田家の献上先と言ったら……」

剣一郎は言いさした。朝廷か将軍家しかない。江戸であることを考えれば将軍家への献上品ということになる。

「そなたの逗留先を聞いておこう」

剣一郎は善次郎に声をかけた。

「はい。この先の本町一丁目にある『越中屋』さんのところです」

「『越中屋』か」

「はい。『越中屋』の主人甚右衛門どのは城端の出でございまして、城端からやって来るものは皆世話になっております」

「あいわかった。明日までにわかるか」

「はい」

「では、この者がそなたを訪ねる。丹治、頼んだ」

「へい」

丹治は頷き、善次郎に向かい、

「明日の昼過ぎに『越中屋』に伺います」

と、約束する。

「わかりました。では、私はこれから確かめて参ります」

善次郎は会釈をして足早に去って行く。

どこに確かめに行くのか口にしなかったが、加賀前田家の上屋敷であろう。将軍家への献上前だったとしたら、前田家の上屋敷から盗まれたものということになる。さっきの逃げて行った男は前田家上屋敷に忍び込んだのか。

「逃げた男の顔は覚えているな」

剣一郎は丹治にきいた。

「へい。しっかり頭に刻み込まれています。それに、左の二の腕に桜の彫り物がありました。裏稼業に通じている者にきけば、すぐ身許はわかります」

「どこから盗んだのか、その男から聞くのが一番手っとり早い」

「わかりました。では」

丹治も手下とともに去って行った。

「とんだ暇をつぶした。さあ、行こう」

不穏な何かを感じながら、剣一郎は奉行所へと足を向けた。


翌日の夕方、剣一郎は奉行所から八丁堀の屋敷に帰ってきた。

妻女の多恵の手を借り、常着に着替えたあと、

「近頃、るいのほうはどうだ？」

と、様子をきいた。

娘のるいは下谷七軒町の武家屋敷が並ぶ一角に居を構える、御徒目付の高岡弥之助に嫁いでいる。

「先日、剣之助と志乃が遊びに行ってきたそうです」

「ほう」

「元気でやっているようです」

「そうか。それはよかった。文七はどうだ？」

文七は多恵の腹違いの弟で、長年、剣一郎の探索の手伝いをしてきた。いつまでも手先のような仕事をさせておくわけにはいかない。これからの文七の行く末を考えなければならないと思いはじめたとき、多恵の実家を思わぬ不幸が襲った。

多恵は西の丸御納戸役湯浅高右衛門の娘で、高四郎という弟がいた。その高四郎が流行り病で床に就き、薬石効なく亡くなった。

亡くなる前に高四郎は腹違いの弟である文七を枕元に呼び寄せ、自分に代わって湯浅家を守っていってもらいたいと言い遺した。

高四郎の死後、義父の湯浅高右衛門はもとより、義母も快く文七を迎えた。文七は今では湯浅家の家督を継ぎ、名も文七郎と改め、父湯浅高右衛門に代わって西の丸御納戸方として新しい人生を歩き出した。

「やはり、剣之助が様子を窺いに行ってくれました」

「なに、剣之助が？」

「はい。剣之助はいろいろ気を使ってくれます。お互いに非番の日が重なって、久しぶりにふたりで酒を酌み交わしたと言ってました」

「そうか。で、文七郎はうまくやっているのか？」

「だいぶお役目にも慣れてきたようです」

「そうか。それはよかった」

　剣一郎は、堅苦しい武士の世界に身を寄せた文七のことを気にかけていたのだ。

「太助（たすけ）の活躍を喜んでいるようです。湯浅家に入ったあとも、おまえさまの御用のことは気にしていたとか」

「文七は、いや文七郎は律儀（りちぎ）な男だからな」

　剣一郎は目を細めた。


　夕餉（ゆうげ）のあとで、剣一郎は剣之助を部屋に呼んだ。

　剣之助は才知（さいち）に長（た）け、もはや一人前であるが、剣一郎が奉行所にいるので吟味（ぎんみ）方（かた）与力の見習いとして勤めている。

「父上、お呼びでございますか」

　差し向かいに座った。

「文七郎のところに行ったそうだな」

「はい。久しぶりにじっくり話してきました」

「お役に慣れたそうでよかった」

「最初は苦労したようです。武士の仕来り(しきたり)への戸惑いだけでなく、朋輩(ほうばい)のいやがらせも少なくなかったそうです。わざと間違ったことを教えられて上役(うわやく)の叱責(しっせき)にあったり、理不尽(りふじん)なことを言われても口答え出来なかったり」

「どこの持ち場でもあることだ」

剣一郎は不快な心持ちになったが、文七郎が元気で勤め出したことはなによりの知らせだった。

「るいのところも元気か」

「はい。るいも仕合わせそうでした」

「そうか」

襖(ふすま)が開いて、多恵が顔を出した。

「京之進どのがお見えです。お伝えしたいことがあるそうです」

「通せ」

剣一郎が言う。

「では、父上。私は」

剣之助は立ち上がった。

「ここにいても構わん」

「いえ、志乃が待ってますので」

「相変わらず仲のよいことだ」

剣一郎は微笑んだ。

剣之助と入れ代わりに、植村京之進が部屋に入ってきた。

京之進は、青痣与力の剣一郎に心酔しているひとりだった。

若いころに強盗一味をひとりで退治した際に受けた傷が、青痣となって剣一郎の左頬に残っている。その青痣が甘い顔立ちだった剣一郎を精悍な雰囲気にさせ、その後の活躍もあって、いつしか江戸の人々から青痣与力と呼ばれ、畏敬の念をもたれるようになっていた。

京之進は詫びた。

「夜分に申し訳ございません」

「きのうの加賀友禅の反物の件だな」

「はい。丹治とともに『越中屋』に善次郎を訪ねたところ、善次郎が妙なことを……」

京之進は間を置き、

「あの城端の友禅染は、将軍家に献上したものだそうです」

「なに、将軍家へすでに献上された品なのか？」

「はい。加賀藩主の前田公より将軍家献上のための絹織物を作るように命じられて織ったもので、金沢で友禅染をして江戸に運んだものだそうです。善次郎は逃げた男が落とした品物を見て、将軍家に献上する前に加賀前田家の誰かがくすねたのではないかと疑い、前田家の上屋敷に行って御納戸奉行に確かめたところ、間違いなく将軍家に届けたという返事だったそうです」

「御納戸奉行がほんとうのことを言っているとわかるのか」

　剣一郎は疑問を口にした。

　将軍家に渡る前に、前田家のほうで不正があり、何者かによって横流しをされたか、あるいは前田家の上屋敷に盗っ人が入り、献上品が盗まれた。面子を考えて、そのことは内密に処理しようとしている。そういうこともありうると思った。その場合、善次郎には献上品は無事に届けたと御納戸奉行は答えるだろう。

「はい。私もそのことを善次郎に確かめました。すると、御納戸奉行は幕府役人の受取り書があるとの返事だったそうです。ただ、善次郎に受取り書を見せてもらったそうですが、それが本物かどうか自分では判断出来ず、御納戸奉行の言葉を信じるだけと申しておりました。善次郎も内心では前田家の内部の仕業を疑っているのではないかと思います」

　京之進は言ってから、

「もし、受取り書が本物であれば、お城から盗まれたことになります。しかし、城から盗むのはひとりでは到底無理でしょう。たとえ手引きするものがいたとしても、かなり難しいのではないかと思えるのですが」

「昨日の反物がほんとうにすでに献上されたものか確かめる必要があるな。前田家の御納戸奉行をはじめ、主だったものに直に当たるのだ」

「青柳さま」

　京之進が畳に両手をついて、

「お願いがございます」

「なんだ？」

「いつも青柳さまに頼っており、今またお願いしなければならないことに忸怩たる思いですが……」

　京之進は意を決したように、

「前田家の聞き取りをお願いできませんでしょうか。我らでは適当にあしらわれ、何も得られず、真実を摑めないやもしれませぬ。相手はなにしろ加賀百万石の大大名でございます」

「確かにそれは言えるな。あいわかった。奉行所を通してわしが会おう」

「申し訳ございません」

京之進は低頭した。剣一郎はこれまで何度も密命を受け、定町廻り同心を助けて数々の難事件を解決に導いてきたのだ。

「ただ、困ったことがある」

剣一郎が吐息をつく。

「と、仰いますと？」

「城内での将軍家の不祥事を前田家に知らしめてしまうことだ。もし、城内から盗まれたものだとしたら前田家はこの事実を他の大名にも話すかもしれぬ。将軍家の威信に関わる事柄だ。だから、昨日の男がすぐに見つかればいいのだが」

どうやって献上品の加賀友禅を手に入れたのか。盗んだ先がわかれば、献上品の流れが摑める。

「丹治が追っています。男を見つけることはそれほど難しいことではないと思います」

京之進は自信を持っているようだ。

「うむ。では、明日一日待ってみよう。その男から得られた話次第では、わざわざ前田家を訪れる必要もなくなる」

「わかりました。なんとしてでも、明日中に男を捕まえます」

京之進はそう言い残して引き上げた。

剣一郎はふと微(かす)かな不安に襲われた。もし、城内から将軍家への献上品が盗まれたのだとしたら……。

脳裏(のうり)に文七郎の顔が過(よぎ)った。しかし、文七郎は西の丸御納戸方だ。将軍世嗣(せいし)の身の回りのものを用意する役職である。将軍家への献上品の取り扱いは本丸の御納戸役だろう。文七郎のほうには影響はないと思うが……。

剣一郎は濡縁(ぬれえん)に出た。皓々(こうこう)と照っていた上弦(じょうげん)の月に叢雲(むらくも)がかかり、庭を一瞬にして暗くした。

思わず、剣一郎はため息をついた。

「おまえさま、どうかいたしましたか」

いつの間にか多恵が横に来ていた。

「いや、なんでもない」

「それならよいのですが……」

　多恵は勘の鋭い女だ。剣一郎が不安に襲われていることに気づいている。よほど口にしようかと思ったが、まだそうだと決まったわけではないのだ。

　献上品の加賀友禅は将軍家への献上品だ。世嗣の掛かりの文七郎には関わりない。そう自分に言い聞かせた。

二

　翌日の朝、剣一郎は髪結いから月代を当たってもらいながら、巷で起こったことや噂話に耳を傾けていた。

「私の客に献残屋の主人がおりますが、自分でも献残屋が成り立つというのは妙なものだと呆れておりました」

「ほう、どういうことだ?」

「いかに相手に不要なものを贈っているかということでございます。贈答品を使い回しているという話ですから」

　老中など有力な武士のところには多くの貢ぎ物がある。その中には使うことのない不要なものがたくさんあった。それらを献残屋が買い取り、手を加えて新たな贈答品として売るのだ。

例の加賀友禅もまさか献残屋に売られたわけではあるまい。そんなことを考えていると、庭に太助がやって来たのに気づいた。ひょこっと頭を下げ、庭の隅で足を止めた。

太助は猫の蚤取りや行方不明になった猫を探すのを商売にしている。文七郎に代わって剣一郎の手足となって働いてくれている。

「青柳さまのところにもたくさんの貢ぎ物がございましょう。奥様はそれを貧しいひとたちのために寄贈なさっているそうにございますね」

髪結いの声に我に返る。

「なに、どうしてそのことを？」

与力には大名、旗本や商家から贈り物があった。それを多恵が貧しいひとたちに役立てているのだ。

「それはもう評判でございます」

「そうか、そういうことも噂に上っているのか」

「さすが、青痣与力の奥様だとみなさん感謝しております」

殿様と呼ばれる身分の者の妻女は奥様と呼ばれるのだが、与力は旦那と呼ばれているのに与力の女房は奥様なのである。

それだけ、与力の妻女は夫を手助けすることが多く、尊敬されているので、世間からもそう呼ばれているのだろう。

「へい、お疲れさまでございました」

髪結いが肩にかかった手拭いをさっと取って言う。

「ごくろう」

髪結いが引き上げた。

庭を見たが、いつの間にか、太助の姿は見えなくなった。

「太助」

剣一郎は庭に向かって呼びかけた。

すると、植込みの中から太助が猫を抱えながら出てきた。

「おや、迷い猫か」

「いえ、遊びにきたようです」

「どうしてわかるのだ？」

「ときたま会います」

「この庭でか」

「はい。たぶん、あっしの体から鰹節の匂いがするのかもしれません」

猫の頭を撫でながら、太助は濡縁のそばにやってきた。

「いや。そなたが猫に好かれるのだろう。そうに決まっている」

剣一郎は微笑んで、

「寝不足ではないのか。目が赤い」

と、顔を見てきいた。

「じつは、昨夜また亡骸を見つけてしまったんです」

「なに、亡骸を？」

「へえ、深川で猫探しを頼まれましてね。霊巌寺裏の雑木林の中で猫を捜し当てたときに、男の亡骸を見つけたんです。すぐ、自身番に届けました。でも、並木の旦那が来るまで待って……」

並木平吾は、本所・深川界隈を受け持つ同心だ。

「それは御苦労なことだったな。で、雑木林だとすると、首を括っていたのか」

木の枝からつりさがっている亡骸を頭に描いて、剣一郎は痛ましげにきいた。

「いえ、匕首で刺されたようです」

「殺しか。亡骸の身許は？」

「いえ、まだです。身許を示すものは持っていなかったようです。でも、どう見ても堅気の人間ではありませんでした。二の腕には桜の彫り物があって」

「二の腕に桜の彫り物だと？」

本町通りで反物を置き捨てて逃げて行った男の顔が脳裏を掠めた。丹治の話では、男の二の腕にも桜の彫り物があったのだ。

剣一郎はすっくと立ち上がった。

「太助。よく知らせてくれた。少し早いが出仕する」

与力は朝四つ（午前十時）までに出仕すればよい。まだ五つ半（午前九時）だが、剣一郎は急ぎ支度をはじめた。


奉行所に着いて継ぎ裃の衣服から着流しになると、剣一郎は直ちに裏庭の死体が安置してある場所に向かった。

奉行所の小者に、昨夜遅く運び込まれた死体のところへ案内してもらった。死体は小屋の土間に横たわっていた。

筵をめくる。目を閉じているが、口は半分開いていた。驚いたような最期の表情を浮かべているが、やはり、一昨日の男に間違いないと思った。二の腕に桜の彫り物があった。

心ノ臓を見事に一突きされていた。かなり、匕首の扱いに馴れたものの仕業のように見受けられた。

この男は、あのあと深川へ向かったのだろう。深川に自分の住まいがあったのか。殺しは加賀友禅の反物の窃盗と関わりがあるのか。それとも、まったく別の理由からか。

戸口にひとの気配がした。

「青柳さま」

京之進だった。後ろに、岡っ引きの丹治が遠慮がちに控えていた。岡っ引きは奉行所の者ではなく同心が私的に雇っている。そのせいか、丹治は小さくなっていた。

「例の男に間違いないようだ。丹治、確かめてくれ」

剣一郎は言う。

「へい。失礼します」

丹治は死体のそばにしゃがみ込んで顔を見た。それから、二の腕に目をやる。

「間違いありません。あっしが追い掛けていた男です」

丹治は立ち上がって言う。

「仲間割れでしょうか」

京之進がきく。

「古着屋に売ることに失敗をし、あげく品物まで手放してしまった。そのことに、一味から制裁を受けたとも考えられるが……」

「そうではないと？」

京之進がきく。

「いや、そう考えるのが妥当だろう。ただ、仲間の制裁にしてはあまりにも早すぎるような気がしないでもない。それに失敗したことの制裁ならすぐに殺さず、暴行を加えて痛めつけるのではないか。いや、品物を置いてきたことで頭の逆鱗に触れたとも考えられるか」

「そうですね」

京之進は頷いたあと、丹治に顔を向けた。

「『春日屋』にこの男の仲間がいた形跡はあったか」

「そういや」

丹治は眉根を寄せ、思い出したように、

「あっしが店までもうちょっとってときに、こいつがいきなり店から飛び出してきたんです。手代があの男だというのでそのまま追い掛けたってわけで。でも、今思い返すと、店先に遊び人ふうの男が立っていました。そいつが仲間かどうかわかりませんが」

「そなたが駆けつける前に、この男は逃げ出したのか」

剣一郎は確かめる。

「そうです。手代が飛び出して行ったのでぴんときたのかもしれません。気づかれるのがもう少しあとだったら、捕まえることが出来たのですが」

丹治は悔しそうに言う。

そこに並木平吾がやってきた。もう四十近く、ふくよかな顔をしている。

「これは青柳さま。昨夜は太助に世話になりました」

太助が剣一郎の手先のような役割を担っていることを知っているのだ。

「で、この男が何か」

平吾は不思議そうにきいた。

「一昨日、この男は室町にある古着屋に、盗品と思しき加賀友禅の反物を持ち込んだのだ」

剣一郎は経緯を語った。

「そうでしたか」

平吾は死体に目をやって、

「今、この男の身許を探らせています。すぐ明らかになると思います」

「並木の旦那」

丹治が口をはさむ。

「実はきのう、白髭の万蔵を訪ねましたが、そんな男に心当たりはないと言われました」

万蔵は深川で『万屋』というなんでも売っている店をやっている。盗品を買い取っているという噂もあるが、同心にとって貴重な情報源なので見逃している。

「万蔵が知らない？」

平吾は不審そうな顔をした。

「そんなはずはない。万蔵のところには裏稼業の情報が集まってきている。おそらく、この男をかばっていたのだろう」

「じゃあ、あっしに嘘を」

丹治は憤然(ふんぜん)とした。

「そうだ。だが、事情が変わった。人が殺されたんだ。今度は話してくれるだろう。俺がきいてこよう」

平吾は請け合った。

「男の仲間も聞き出してください」

京之進が口を入れる。

「わかった。丹治、なんならいっしょに行くか」

「いいんですかえ」

「そっちの件と繫がっているかもしれないんだ」

平吾は鷹揚(おうよう)に言う。

「並木さま、よろしくお願いいたします」

京之進は丹治のことを頼んだ。

平吾と丹治が出て行ったあと、剣一郎は京之進に向かい、

「丹治が駆け付けたとき、男が店から飛び出してきたということだが、手代が店を出て行ってから逃げ出すまで少し間があるようだ。なぜ、手代が出て行ったとき、男はすぐ逃げ出さなかったのか。『春日屋』に行って、そのあたりのことを

詳しく聞き込んできたほうがいいかもしれぬ」

「わかりました」

京之進はすぐに出掛けて行った。

剣一郎は死体にもう一度手を合わせ、あとを小者に任せ、部屋に戻った。

剣一郎は年番方与力の宇野清左衛門のところに行った。

清左衛門は文机に向かって書き物をしていた。金銭面も含めて奉行所全般を取り仕切っている奉行所一番の実力者の清左衛門は、いつも忙しい。

「宇野さま。お忙しいところを申し訳ありません」

剣一郎が声をかけると、清左衛門は筆を置いて顔を向けた。

「青柳どのか」

「お忙しければ出直しますが」

「いや、構わぬ」

そう言い、清左衛門は体の向きを変えた。

剣一郎は近付き、

「一昨日、日本橋室町の『春日屋』という古着屋に加賀友禅の反物を持ち込んだ男がおりました。店の者が、男と品物が不釣り合いなのを疑問に思い、手代を自身番に走らせました」

岡っ引きが駆け付けたとき、男は反物を持って逃げ出したと続け、その後の展開を語った。その反物が加賀前田家が将軍家に献上したものだと話すと、清左衛門は口を泡立たせたように焦って、

「城内から盗まれたのか」

と、驚いてきいた。

「あるいは、献上する前に何者かが横領していたとも考えられます」

「しかし、受取りがあるのなら将軍家に渡ったことは間違いないのではないか」

奉行所にも各大名家からの付け届けは多く、各大名家の留守居役が奉行所に供を連れて訪問し、贈り物を内与力に渡す。この際、必ず受取りを書く。この受取りがないと、留守居役が着服したとの疑いを招きかねない。

「絹商人の善次郎は受取りはほんもののように見えたのですが、真贋の判断は出来ないと申していたと」

「そうか」

清左衛門は険しい顔で唸った。

「『春日屋』に加賀友禅を持ち込んだ男を捕まえて、どこから盗んだかを白状させれば、加賀友禅の反物が外に出た理由がわかったかもしれません。ですが、その道筋も途切れました」

「なぜだ？」

「その男は殺されたのです」

剣一郎は無念の思いを込めながら言う。

「殺された？」

「昨夜、深川で。まだ、身許はわかっておりません」

「なぜ、殺されたのか？」

「おそらく仲間割れか、口封じでしょう。加賀友禅の反物をどこで盗んだのか、それを知られたくなかったのかもしれません」

「お城から盗むなど出来ようか」

清左衛門が疑問を呈する。

「わかりません。加賀前田家では献上したことになっていますが、受取り書が偽造されていたとなれば、何者かが途中でくすねたと考えられます。しかし、受取り書が本物であれば、反物は将軍家から盗まれたことになります」

剣一郎は半拍(はんぱく)の間を置き、

「どうか奉行所として加賀前田家に対して受取りを確かめさせていただけるようにお願いしていただきたいのです」

「わかり申した。いつも奉行所を訪れるのは留守居役の槌野幸兵衛(つちのこうべえ)どのだ。槌野どのに文を書こう。青柳どのが会いに行くということでよいな」

「はい、私が出向きます」

「さっそく、文を書く。返事が来たら知らせよう」

「よろしくお願いいたします」

剣一郎は清左衛門の前から下がった。

与力部屋に戻っても、剣一郎は献上品のことが頭を離れなかった。受取り書が偽造されたとはどうしても思えないのだ。

だが、そうだとしたら、お城から反物が盗まれたことになる。事態はさらに深刻だ。だが、そのことを考えるのは受取り書を確かめてからだと、剣一郎は自分に言い聞かせ、気持ちを落ち着かせた。

三

退出時刻の夕七つ（午後四時）が近付いたころに、植村京之進が奉行所に戻ってきて、すぐに与力部屋まで剣一郎に会いに来た。

「青柳さま。『春日屋』に行って話を聞いてきました」

京之進が切り出した。

「ごくろう」

「殺された男はひとりで店に入ってきたそうです。絹織物を売りたいと言うので、番頭が相手をしたのですが、風呂敷包みの中の加賀友禅の反物を見て驚いたと。高価な品物で、とうてい男の持ち物とは思えず、番頭はいろいろきいたのですが、どうも話が要領を得ず、盗品ではと考え、手代を自身番に走らせたそうです」

京之進は息継ぎをして続ける。

「自身番からひとが駆け付けるまで、話しかけていたのですが、少し経ってから男がいきなり品物を摑んで駆け出したということです」

「いきなり駆け出した？」

「はい。番頭は不意と感じたようです。自身番からまだ誰も来ないのに変だな、と」

「男が店を飛び出したところ、丹治が駆け付けたのだな」

「そうです。丹治がやって来る前に男は逃げ出しているのです」

「男はなぜ逃げ出したのか。番頭に疑われていると気づいたからか」

「いえ。番頭の話ではそんな様子はなかったようです」

「番頭は何も心当たりはないのか」

「はい、特段変わったことはなかったと」

「不思議だ。そのとき、店に客は？」

「何人かいたそうです」

「客の中に誰か見たのだろうか」

「男と話しているときに新しい客が入ってきたそうです。半纏を着た職人ふうの男だったとか」

「半纏を着た職人ふうの男か」

剣一郎はその男のことが気になった。

「その職人ふうの男はその後、どうしたかきいたか」

「いきなり逃げ出した男に気をとられていたのでわからなかったようです。いつの間にか、いなくなっていた、と」

「そうか」

「まさか、その男は仲間だったのでしょうか」

「店先で様子を窺う役割だったのかもしれない。手代が駆けて行ったのを見て何かを察したのか、あるいは丹治がやって来るのを見て、急いで店に入って男に知らせたか」

　そこに見習い与力がやって来た。

「並木どのが、ご報告があるとのことですが」

「すぐ通せ」

　剣一郎は答える。

「はっ」

　見習い与力が下がってすぐ、並木平吾がやって来た。

　京之進にも会釈をしてから、平吾は切り出した。

「殺された男の身許がわかりました。普段は小間物屋(こまもの)として行商をしていますが、実体は盗っ人の倉吉(くらきち)という男です。長屋の大家(おおや)に亡骸(なきがら)を確かめてもらいましたが、倉吉に間違いないということでした」

「やはり、盗っ人であったか」

「ところが、倉吉はひとり働きで、仲間はいないということです」

「仲間はいない?」

剣一郎は思わずきき返した。

「はい。白髭の万蔵が言うには、倉吉はときたま盗品らしい品物を『万屋』に持って来たそうです。そのときの話の様子から仲間はいないと思ったとのこと。今回の加賀友禅の織物を手に入れたことは知らないと言ってました」

「仲間がいないのは確かなようだな」

剣一郎は首を傾げ、

「ならば、なぜ、倉吉は逃げ出したのか」

「途中で、手代がいないことに気づいて察したのでは?」

京之進が言う。

「丹治が店先に遊び人ふうの男がいたと言っていたが……」

「倉吉の仲間ではありませんね」

「倉吉はひとりで夜働きをしていたとしても、昼の顔では親しい者がいたかもしれぬ。特に女だ。そのあたりを探ってくれ」

剣一郎はふたりに言う。

「わかりました」

「ちょっと確かめたいことがあるので、わしは明日『春日屋』に行ってみる」

剣一郎は下がろうとしたふたりに言った。

その夜、剣一郎は夕餉をとったあと、自分の部屋に戻ってきた。すると、庭先に太助が待っていた。

「来ていたのか」

「へい」

「飯は？」

「食いました」

「嘘をつくな。腹の虫が鳴ったぞ」

「えっ」

太助はあわてて自分の腹を押さえた。

「冗談だ」

「いやですぜ」

太助は頭をかいた。

「なぜ、遠慮するのだ。飯を食って来い」

「でも、しょっちゅうご馳走になっていたら……」

太助は俯いた。

「かまやしない」

剣一郎は手を叩いた。

多恵がやって来た。

「あら、太助さん。どうしたのですか、こんなところで。早く、食べてしまいなさい」

「えっ？」

「支度してあるのよ」

「どうしてですかえ」

「そなたが今朝知らせてくれたことで、様子をききに来るはずだと言ったら、多恵が用意しておいたのだ」

霊巌寺裏で太助が見つけた倉吉の死体の件だ。素姓がわかったか、ききに来るはずだと多恵に話したのだ。

「お気を遣わせてしまいました」

「いいから食べて来い」

「さあ、太助さん」

多恵が促す。

「いつもすみません。じゃあ、裏にまわって」

「よい。ここから上がれ」

「とんでもない」

太助は裏にまわった。

剣一郎は濡縁に腰を下ろし、庭に目をやった。梅に白い花が一輪咲いているのがわかった。

少し肌寒いが、剣一郎はいつしか梅から離れ、加賀友禅の絹織物の盗難のことに思いが向かっていた。

倉吉はどこで絹織物を盗んだのであろうか。倉吉はひとり働きの盗っ人のようだ。お城に忍び込んで反物を盗み出すことなどとうてい出来まい。だとしたら、加賀前田家の上屋敷に忍び込んだのか。

上屋敷に将軍家に献上するはずだった絹織物が置いてあった。いや、とうに献上されたことになっているのだ。それを何者かが横領したとしたら上屋敷にあるはずがない。

それが出来るのは家老か用人などの重臣か。あるいは留守居役だ。横領した品物は別の場所に置いてあったとしたら。

たとえば、妾宅か。倉吉はそこから盗み出したのではないか。

太助が庭から戻ってきた。

「ご馳走さまでした」

庭先に立って、太助が言う。

「上がれ」

剣一郎は立ち上がって言う。

「いえ、ここで」

「長くいたので寒くなった。部屋に入りたいのだ」

「じゃあ、失礼します」

太助はうれしそうに濡縁に上がった。

最後のほうはようやく部屋に上がるようになったが、それまでは文七郎は決して上がろうとしなかった。分を弁え、差し出がましい振舞いは決してしない。自分を律していた。ある意味、頑固だった。そんな生き方では窮屈だろうと気にしたが、それが文七郎の性分だったのだろう。

その点、太助は素直だった。何事にも屈託がない。

部屋の中で、剣一郎は太助と差し向かいになった。

「青柳さま。亡骸の身許はわかりましたか」

太助がきいた。

「わかった。倉吉というひとり働きの盗っ人だ」

「盗っ人ですか」

太助は眉根を寄せ、

「誰かに盗みを見つかったのでしょうか」

と、きいた。

「なるほど。そうか」

剣一郎はひとり合点した。

「えっ、何か」

太助は怪訝（けげん）な顔をした。

「倉吉は日本橋室町の古着屋に盗品の加賀友禅を持ち込んだ。ところが、その加賀友禅は加賀前田家から将軍家に献上されたはずのものなのだ」

剣一郎は経緯を説明した。

太助は目を輝かせて聞いていたが、剣一郎が話し終えるのを待って、

「お城から盗み出したというのですか」

と、興奮してきいた。

「いや、ひとりでお城に忍び込み、盗みを働くことは無理だ。仮に、御用商人として城に入ることが出来たとしても、御納戸まで行くことは出来ない。城内に手引きする者がいたとしても難しい」

「でも、献上品だとしたら、お城に入らないと」

「考えられるのは、献上する前に何者かがくすねてどこかに隠した。そこに偶然、倉吉が盗みに入ったのではないかと見ている」

「なるほど」

「そこで、盗まれたほうは倉吉の仕業だと気づき、殺したのではないか」

「加賀友禅を取り返そうとしなかったのでしょうか」

「倉吉がどこに忍び込んだのか。そのことを知られたくないがために口を封じたとも考えられる」

「倉吉が盗みに入った家がわかれば、献上品を横取りした者が明らかになりますからね」

　太助は言ったあとで、不審そうな顔をした。

「青柳さま。なんだか、まだ腑に落ちないようなご様子ですが」

「そんな顔をしていたか」

　太助の鋭さに驚きながら、

「じつは、加賀前田家には将軍家に献上した際の受取りがあるのだ」

「えっ。じゃあ、加賀友禅はお城の中に？」

「ただ、その受取りが本物か、偽造されたものかを調べる必要はある。その前に、日本橋室町の『春日屋』という古着屋に話をききに行くつもりだ」

「あっしもお供させてください」

　太助が身を乗り出して言う。

「だめだと言ってもついて来るだろう」

「はい」

「仕方ない奴だ」

剣一郎は苦笑した。

「すみません」

「いや。場合によってはそなたの手を借りなければならなくなるかもしれない。いっしょに行ってもらおう」

「へい」

太助は声を弾ませた。剣一郎の力になれることがうれしいのだろう。

太助はふた親が早死にし、十歳のときから蜆売りをしながらひとりで生きてきた。剣一郎はそんな時代の太助に会っていた。

神田川の辺でしょぼんと川を見つめている男の子がいた。小さな商いすら振るわず、親のない寂しさから絶望の淵でもがいていたのだ。

――おまえの親御はあの世からおまえを見守っている。勇気を持って生きれば、必ず道は拓ける――

その剣一郎の言葉に、太助は勇気を得、くじけそうになる心が奮い立たされたという。後年、剣一郎と再会した太助は、あのときの励ましの言葉が生きる支えになったと述懐した。

「じゃあ、明日の朝、また参ります」

「もう帰るのか」

剣一郎はもう少し太助と話していたい気分だった。

「はい。長居をしてしまいました」

そのとき、多恵がやって来た。

「あら、太助さん。お帰りなの？」

多恵が驚いて言う。

「へえ、もう遅いですから」

「まだ、五つ（午後八時）を過ぎたばかりですよ」

多恵も名残(なご)り惜しいのだ。

「太助。多恵がもう少しいて欲しいそうだ。まだいてやってくれぬか」

「ご迷惑では？」

「何が迷惑なものか」

剣一郎は思わず大きな声を出した。

「じゃあ、今、お酒をお持ちします」

「ありがてえ」

太助は屈託がない。素直に喜びを顔に出す。

多恵を交えて三人で酒を飲みはじめた。太助が猫探しのときに起こった予想外の出来事を話し、多恵が面白がって聞いているのを眺めていて、ふいに文七郎のことが思い出された。

やはり、将軍家への献上品のことが頭から離れていなかったからだろう。西の丸の御納戸方である文七郎が直接関わっているわけではないのに、なぜか剣一郎は気になった。

そう言えば、子どものころの暮らしぶりは文七も太助と同じようだったと思い出した。

文七は料理屋で働く母と二人暮らしだった。文七が八歳のときに母が病に倒れ、それからは、文七が蜆売りや納豆売りなどをして暮らしを支えた。

しかし、太助との違いは実の父親が生きていたことだ。多恵がふたりを探し当て、その後の暮らしの援助をした。だから、文七母子は人並に暮らすことが出来たのだ。

その文七も今や湯浅家を継ぎ、西の丸御納戸役として働いている。

「おまえさま」

多恵の声で、剣一郎はふと我に返った。

「どうなさいましたか。何か考え事をしていらっしゃったようですが」

「いや、太助を見ていたら文七を思い出したのだ」

「文七郎さまは、お侍さまになってお城勤めをなさっておられるのですね」

太助には文七のことは正直に話してある。

「そうだ。子どもの頃は病気の母親を抱え、太助と同じように蜆を売ったりしていたのだ」

「そうでしたか」

「ただ、文七はまだ恵まれていた。父親は生きていたし、多恵がふたりを支えたからな。それにひきかえ、そなたの苦労は並大抵ではなかったろう」

剣一郎は太助に同情した。

「いえ、あっしには青痣与力から掛けられた言葉がありました。それがあったから、どんな苦労にも堪えていけたのです」

「太助さんたら」

多恵が感極まったように言う。

「もう一本だけ呑もう。いや、剣之助と志乃も呼ぶか」

「もう遅いですよ」

「そうだな。それは今度にしよう」

剣一郎は素直に引き下がった。

「いつか、文七郎さまとお酒を酌み交わしてみたいです」

太助が希望を言った。

「よし。いつか吞もう」

太助のことは文七郎にも話してある。太助を見たあと、「あの者なら安心です」と自分のあとを引き継ぐことになる太助に太鼓判を押した。

結局、それから半刻（一時間）以上も吞み続け、多恵が泊まっていけと勧めるのを遠慮して太助は引き上げた。

四

翌朝、剣一郎は着流しに編笠をかぶり、太助とともに八丁堀の屋敷を出た。

茅場町薬師の前を過ぎてから、

「太助、どうかしたか」

と、剣一郎は声をかけた。さっきから自分の後頭部を叩いている。

「すみません。ゆうべ、ちょっと呑み過ぎたようでして」

　太助はすまなそうに言い、

「でも、もうだいじょうぶです」

　と、背筋を伸ばしてしゃきっとした。が、すぐ額を押さえた。宿酔いで頭痛がしたのだろうか。

「無理するな」

「すみません」

　楓川にかかる海賊橋を渡り、日本橋南詰の広場に出て高札場の前を過ぎ、日本橋川を渡る。橋を往来するひとは多い。

　渡り切ってしばらく行くと、古着屋の『春日屋』の看板が見えてきた。漆喰の土蔵造りで、間口は広い。

　剣一郎は編笠をとり、土間に入った。店座敷には、何組かの客がいて、それぞれに番頭や手代がついていた。

「いらっしゃいませ」

　そう言って近付いてきた手代が、剣一郎の左頬を見てはっとした。

「青柳さまでいらっしゃいますか」

手代が畏まってきいた。

「そうだ。三日前に加賀友禅を売りに来た男に応対した番頭に会いたい。手が空いたときでいいから、呼んでもらえるか」

「はい」

手代は店座敷に上がり、奥のほうで客に応対していた番頭ふうの男のそばに行き、耳打ちした。

番頭はこっちを見てから客に何事か囁き、手代と交代して立ち上がった。

小肥りの番頭がやって来て、

「どうぞ、こちらに」

と、いざなった。

剣一郎と太助は番頭のあとに従い、店座敷の隣にある小部屋に入った。

向かい合ってから、

「番頭の喜太郎にございます。加賀友禅を持ち込んだ男のことでございますか」

と、番頭は確かめた。

「すでに奉行所の者がききに来たと思うが、わしのほうも少し確かめたいことがある」

剣一郎はそう言って切り出した。

「まず、男が入って来たときのことからききたい。男はひとりだったか」

「はい、ひとりで風呂敷包みを抱えて入ってきました。土間に立ってきょろきょろしていたので、私が声をかけました。そしたら、絹織物を売りたいと。それで店座敷に上がるように促したのですが、男は上がり框（かまち）に腰を下ろしてすぐに風呂敷包みを広げました」

剣一郎は黙って番頭の話を聞く。

「一目見てびっくりしましたよ。見事な加賀友禅でしたから。どうみても、男には不釣り合いな品です。そういう目で見ると、男にどこか落ち着きがありません。絶えず目がきょろきょろしていました」

「目がきょろきょろ？」

「はい。周囲に目を配っているようでした」

剣一郎は口をはさんだ。

「そのとき、客はどのくらいいたのだ？」

「五人いらっしゃいました」

「男はその五人を気にしていたのか」

「いえ。戸口のほうにときたま目をやっていたようですが」

「戸口のほうか」

「はい。その挙動に不審を抱いたので、手代のところに行き、わけを話して自身番に行くように言い、私は男のところに戻りました」

「そのときは、まだ男は逃げ出さなかったのだな」

「はい。時を稼ごうとすぐ値段の交渉に入りました」

「待て。そのとき、新しい客があったときいたが」

剣一郎は番頭の言葉を制してきいた。

「はい。職人体の男がふらっと」

「男はその職人が入ってきたのを見たのか」

「見たと思います。ちらちらと戸口に目をやっていましたから」

「その職人は男の仲間のようではなかったか」

「いえ、そんな感じはしませんでしたが」

「職人は男に近付かなかったか」

「二間（約三・六メートル）ほど離れたところに立っていました」

「職人が男に話しかけてはいないのだな」

「それはありません」

「男が入ってきたあと、その職人以外に新しい客は？」

「いません」

「男が逃げ出したのは職人が入ってきてどのくらいあとだ？」

「そう言えば、それほど経ってはいなかったと思います」

「よく思い出してもらいたい。男が逃げ出す前、職人を見ていなかったか」

「そうですね……」

番頭は首をひねった。

ふと、番頭の眉が動いた。

「一瞬、ふたりは顔を見合わせたようです。そうです、そのあと男は風呂敷包みを乱暴に抱え、あわてて戸口に向かって駆け出したのです」

「男が逃げたあと、職人はどうした？」

「私はしばらく逃げた男に気をとられていたので。ただ、気がついたときにはもういませんでした」

「その職人に応対をした手代に会いたいのだが」

「少々お待ちを」

番頭は立ち上がって部屋を出て行った。

「やはり、職人が逃げるように何らかの合図を送ったのでしょうか」

太助が小声できいた。

「いや、職人が入ってきてしばらく間があったのだ。逃がすつもりなら、逃げろと言っていっしょに逃げたほうがいい」

「そうですね。仲間ではないようですしね。しかし、仲間でないとしたら、職人は何者なのでしょうか」

「考えられるのは……」

言いかけたとき、番頭が手代を連れて戻ってきた。

「この者が職人の相手をしようとした手代です」

番頭が引き合わせる。

「相手をしたのではないのか？」

「はい。その職人は番頭さんが接している男のほうを気にしていまして、私が声をかけても聞こえないようでした」

「なに、男を気にしていた？」

剣一郎は思わずきき返した。

「はい。少し険しい顔をしていました」

「男が急に逃げ出したのはその直後か」

自分の想像が間違っていなかったと、剣一郎は思いながらきいた。

「そう言えば、そうだったように思います」

手代は思い出したように言う。

「そのあと、職人はどうした？」

「すぐ出て行きました。私は冷やかしだったのかと思いました」

「職人はどんな感じだったか」

「三十前後で、がっしりした体つきでした。眉毛が濃く、細面で顎が尖っていました」

「青柳さま。その職人が何か……」

番頭が眉根を寄せてきいた。

「まだはっきりしたことはわからぬが、男は職人が何かに気づいて逃げ出したのかもしれない」

「言われてみれば、職人は男のあとを追い掛けて行ったようにも思えます」

手代が驚いたように言う。

剣一郎も記憶を辿る。風烈廻りの一行は須田町を過ぎ、本町に差しかかったとき、前方から走って来る男に出会った。

その男が倉吉だ。倉吉は風烈廻りの一行に気づき、あわてて本町通りを曲がった。ひと通りは多かった。あのとき、岡っ引きの丹治以外に倉吉を追っている男がいたかどうかまではわからなかった。

「あの反物はかなりの値打ちものであることに間違いはなかったか」

剣一郎は番頭にきいた。

「はい。あのような男が持っていられる代物ではございません。ですから、すぐ盗品だと思いました」

「そうか。いろいろ参考になった」

ふたりに礼を言い、剣一郎は立ち上がった。

『春日屋』を出て、剣一郎は室町にある自身番に向かった。岡っ引きの丹治の居場所をきくためだ。

自身番に近付いたとき、背後から声をかけられた。

「青柳さま」

京之進だった。丹治もいっしょだった。

「ちょうどよかった」

剣一郎は言い、自身番の玉砂利(たまじゃり)を踏んだ。

「そなたが『春日屋』に向かったとき、倉吉が店から飛び出して来たのだな？」

「そうです。手代があの男だと言うので、そのまま追い掛けました」

「店先に遊び人ふうの男がいたと言っていたが」

「はい。おりました。ただ、目の端に入っただけで、何をしていたのかはわかりません」

「そなたらの他に、倉吉を追い掛けていた者はいたか」

「いえ、気づきませんでした」

「そうか」

「何かわかりましたか」

京之進がきいた。

「倉吉が逃げ出したのは手代が自身番に行ったことに気づいたからではない。倉吉が『春日屋』に入ったあとにやってきた職人体の男が追手だと気づいて、倉吉は逃げ出したのに違いない」

「追手と言いますと？」

「倉吉が忍び込んだ屋敷の者だろう」

　剣一郎は続ける。

「あれだけの反物を隠していたのだ。倉吉が忍び込んだのはそれなりの屋敷か金持ちの家だろう。盗まれたとわかって、ひとをかき集め、高価な品を扱う古着屋を見張らせたに違いない。そこに、倉吉がのこのこ品物を売りに来た。職人体の男は倉吉が持ってきた反物が盗まれたものか確かめようと、『春日屋』に入ったのだ。そうと察した倉吉はあわてて品物を持って逃げ出したというわけだ」

「じゃあ、職人体の男が倉吉を殺したんでしょうか」

「おそらく。盗みに入った場所を口外されたら、献上品を手に入れた経緯がわかってしまうために倉吉の口を封じなければならなかったのだ」

　剣一郎は推測を述べた。

「宇野さまが加賀前田家の留守居役と面会出来るように取り計らってくれている。許しが出次第、お会いしに行く」

　献上する前に品物がなくなったのか、献上したあとか。もし後者だとしたらことは大きくなる。

剣一郎は胸が締めつけられ、思わず深いため息をついた。

京之進たちと別れ、剣一郎は奉行所に出た。

すると、宇野清左衛門から呼出しがあった。

剣一郎は年番方与力の部屋に赴いた。

「宇野さま、お呼びでございましょうか」

剣一郎は声をかける。

文机に向かっていた清左衛門は書類を閉じ、

「長谷川どのがお呼びなのだ」

と言って、立ち上がった。

長谷川四郎兵衛はお奉行の股肱の家来で、お奉行就任と同時に内与力として奉行所に乗り込んできたのだ。

お奉行の懐刀であり、お奉行の代弁者でもある。

清左衛門と共に内与力の用部屋の隣にある部屋に赴いた。

しばらく待たされて、長谷川四郎兵衛がやってきた。

「例の加賀友禅の反物の件でござる」

いきなり、四郎兵衛が切り出した。

「加賀前田家より引き取りたいと言ってきた」

「引き取る？」

「そうだ。もともとは加賀前田家のものゆえ返してもらいたいとのこと。したがって、さっそく返却したいと……」

「お待ちください。それはなりません」

剣一郎は異を唱えた。

「なに？」

四郎兵衛は顔色を変えた。

「あの品物はまだどこから盗まれたのかはわかっておりません。大事な証拠の品であり、返却は出来ません」

「お城にてお奉行が返却すると約束されたのだ」

「どなたにでございますか」

「前田公だ」

「なぜ、前田公が？」

「これは異なことを。あの加賀友禅は元は前田家が作らせたものだそうではないか。持ち主に返すのは当然ではないか」

「持ち主と仰いますが、加賀前田家ではあの品は将軍家に献上したそうにございます。だとしたら、持ち主は将軍家であり、前田家ではありませぬ」

「将軍家に献上する前に、前田家の何者かが横合いから奪ったものと思える」

「それはどなたが仰ったのでありましょうか」

「誰でもよい」

四郎兵衛は不快そうに吐き捨てる。

「加賀城端の絹商人善次郎は前田家のさるお方から将軍家に献上したとはっきり説明を受け、受取り書まで見せてもらったと言っておりました。その受取り書が本物かどうか確かめるつもりでおりますが……」

「偽物だ」

剣一郎の言葉を遮(さえぎ)って、四郎兵衛は言い切った。

「偽物？」

「そうだ。前田家家中の者が献上する前にくすねたのだろう。そして、偽の受取り書を作成したというわけだ」

「では、そのくすねた者が誰であるかわかっているのですね」

「そうであろう」

「どなたですか」

「それは与り知らぬ。これは前田家の問題だ。奉行所が立ち入ることではない」

「反物を持っていた倉吉という男が殺されているのです。くすねた者から事情を聞かねばなりません」

「倉吉は盗っ人だ。どうせ、仲間割れだろう」

「たとえ誰であろうと命を絶たれたのです。下手人を突き止めるのは当然の役目でございます」

「それは勝手にやればいい。ただし、前田家には手を出すな」

四郎兵衛はいらだったように言う。

「承知出来ませぬ」

「そのほうがどう思おうと勝手だ。あの品物は前田家に返す。よいな、これはお奉行の意向だ」

「お奉行に会わせてください」

「必要ない。わしの言うことはお奉行の言葉と同じだ」

「…………」

「宇野どのもよろしいな。品物は前田家に返す」

四郎兵衛は清左衛門に念を押す。

「止むを得ません」

清左衛門は折れた。

「宇野さま」

剣一郎は抗議をするように清左衛門の顔を見た。

「青柳どの。どうやらお奉行は前田公に返す約束をなされた。理非はともかく、その約束は重い」

清左衛門は剣一郎を諭すように言って、顔を四郎兵衛に戻した。

「長谷川どの。加賀友禅は前田家にお返ししましょう」

「うむ」

四郎兵衛は満足そうに頷く。

「ただし」

清左衛門はつけ加えた。

「返却の役目は青柳どのに」

「なに」

四郎兵衛は目を剝いた。

「この件に最初から携わった青柳どのが返しに行くのが当然ではござらぬか。それが叶わぬとなれば、いくらお奉行の命令であろうが従わぬ」

清左衛門は頑固そうに言い、

「それでも強引にことを進められるなら、私は奉行所の役目から一切手を引かせていただく」

「なんと」

四郎兵衛は狼狽した。

清左衛門は奉行所一番の実力者である。清左衛門の協力なくしては、いかにお奉行とて何も出来ない。

「長谷川どの。お奉行とよく相談なされ。あとで返事を伺いましょう。青柳どの、引き上げましょうぞ」

清左衛門はおもむろに腰を上げた。

「待たれよ」

四郎兵衛が焦ったような声をかけた。

「なにか」

清左衛門はわざとらしくきき返す。

「わかり申した。青柳どのに返却をお任せする」

四郎兵衛は忌(い)ま忌ましげに言う。

「青柳どの。聞いたとおりだ。厄介(やっかい)なお役目だが、しかと頼みましたぞ」

「はっ」

剣一郎は低頭した。

「では、明日にでも届けてもらう」

そう言い、四郎兵衛は部屋を出て行った。

年番方の部屋に戻って、

「いったい、どうなっているのだ」

と、清左衛門は憤慨(ふんがい)した。

「じつは、前田家の留守居役どのに書状を送ったところ返事がなかった。なにかおかしいと思っていたところに、さっきの長谷川どのの話だ」

「宇野さまがあっさり加賀友禅を引き渡すことを請け合ったときは驚きましたが、そういうわけでございましたか」

「うむ。このままでは前田家は青柳どのに会おうとしない。品物の返却を青柳どのが受け持てば、堂々と前田家の屋敷に入ることが出来る」

「さすが、宇野さまでございます」

清左衛門の老獪(ろうかい)さに、四郎兵衛も泡を食っていた。

「証拠の品を渡すのは口惜しいが、仕方ない。前田家に行って話をきけば、何かわかるかもしれない」

清左衛門は厳しい表情で、

「青柳どの、頼み申した。いったい、何が起こっているのか、ぜひとも探り出してきてもらいたい」

「わかりました」

剣一郎は清左衛門の前から下がり、すぐ奉行所を出た。

五

四半刻(三十分)後に、剣一郎は本町一丁目にある『越中屋』の前にやってきた。

土間に入ると、番頭が近寄ってきた。

「こちらに城端からやって来た善次郎という者がいると思うが」

「はい。青柳さまでいらっしゃいますね。少々お待ちを」

番頭は奥に行き、しばらくして戻って来た。

「どうぞ、こちらに」

番頭の案内で、店座敷の脇の通路からいったん裏庭に出て、角にある部屋に行った。

気配に気づいたのか、善次郎が障子（しょうじ）を開けて顔を出した。

「どうぞ、お上がりください」

善次郎が勧める。

「失礼する」

編笠を置いて、剣一郎は廊下に上がって部屋に入った。

四畳半の殺風景（さっぷうけい）な部屋だ。隅に、善次郎のものと思える行李（こうり）が置いてあり、その上に手甲（てっこう）・脚絆（きゃはん）に合羽（かっぱ）が置いてある。

「おや、お帰りか」

旅支度をしているようだった。

「はい。明日、出立しようと思っています」

「江戸での用は済んだのか」

加賀友禅の販路を広げるべくやって来たと言っていた。

「はい。まあ……」

どこか曖昧な返事に思えた。

「ひょっとして、予定を変えたのではないか」

「はい」

「何があったのだ？」

「じつは前田家の用人さまから、私どもの主人に宛てた手紙を託されました。それを届けなければならないのです」

「それはいつ頼まれたのだ？」

「一昨日です」

「一昨日……」

剣一郎は腑に落ちなかった。

まるで善次郎を江戸から遠ざけようと、いや江戸からではない、奉行所の探索からだ。そんな気がした。

「最初は、江戸にいつまで滞在の予定だったのだ？」

「今月いっぱいです」

「まだ、先だな」

「はい」

「例の加賀友禅が盗っ人の手に渡ったことについて、加賀前田家のどなたと話したのだ？」

剣一郎は確かめた。

「御納戸奉行の助川松三郎さまです。殿さまや奥方さまの衣服や家具などを管理しておりますが、献上品も助川さまが扱っております」

助川松三郎の名を頭に刻み込み、

「では、将軍家の受取りは助川どのから見せてもらったのか」

と、剣一郎は肝心なことを訊ねた。

「さようでございます。献上品の加賀友禅が盗っ人の手に渡ったことを告げると、すでに将軍家に渡っているはずだと仰いました。その上で、受取りを見せていただいたのです」

「その受取りはどうであった？」

す」

「本物だと思いました。献上のときは助川さまもお城に上がったそうにございま

「助川どのが嘘をついている様子は？」

「そのような疑いは持ちませんでした。ただ、献上が済んでいるとしたら、加賀友禅はお城から盗まれたことになります。それはあり得ないような気がしたのです。それで、受取りは本物だろうか、助川さまは嘘をついていないのかという疑いを持ちました。ですから、同心の植村さまと親分さんがやって来たとき、受取りが本物かどうか自分には見極めがつかないとお話したのです」

「その後、手紙を託されたのか」

「はい」

やはり、話を聞きたいという奉行所の申し入れのあと、善次郎を江戸から遠ざけようとしたように思える。

その間に何があったのか。

善次郎から話を聞いたあと、助川松三郎は用人か家老に報告をしたはずだ。話は家老から前田公に伝わる。

登城した前田公は老中にその話をしたか。

しかし、その後、前田家は加賀友禅が将軍家への献上の前に無くなったと話を変えたのだ。

「青柳さま、何か」

善次郎が不思議そうにきく。

「じつは前田家から町奉行が預かっている加賀友禅の返却を求められた。献上の前に何者かによって奪われたと。それができる者は前田家の家臣しかおらぬ」

「助川さまは確かに献上したと仰いました。受取りまで見せてくれたのです」

「その受取りは偽造されたものだそうだ」

「信じられません。確かに私は受取りが本物かどうかの見極めは出来ませんでしたが、偽物ならわざわざ私に見せるでしょうか」

善次郎は疑問を口にした。

「そなたの言うとおりだ」

剣一郎は応じて、

「助川どのはそなたには正直にほんとうのことを話したが、その後、事情が変わったのだ。将軍家に献上していないということになった……」

「なぜでございましょうか」

「ご老中から頼まれたのかもしれない。お城から盗まれたとなるとことは大事になる。だから、献上前に奪われたことにしてもらいたいと。前田公としたらご老中に貸しを作ったことになる」

「そんなことが……」

「そうだとしたら、そなたが江戸にいるのは拙(まず)い。だから、急遽(きゅうきょ)、国元に帰すことにしたのかもしれぬ」

「………」

「もっとも、今の話は助川どのの話が真実だった場合のことだ。助川どのが反物をくすねた仲間であれば、そなたに嘘をつく理由となる」

「私は助川さまをよく存じあげております。そのような不正を働くお方ではありません」

善次郎はむきになって言う。

「助川どのは信じられるお方なのだな」

「はい」

「よし、なんとか助川どのに会ってみよう。それでは、道中気をつけてな」

剣一郎は腰を浮かせた。

「青柳さま」

善次郎が真剣な眼差しで、

「あの盗っ人はまだ捕まらないのですか。あの男から盗みに入った家を聞けばはっきりするのではありませんか」

と、きいた。

「あの男は倉吉というひとり働きの盗っ人だった」

「じゃあ、捕まえたのですね」

「いや」

剣一郎は首を横に振り、

「倉吉は死んだ」

「えっ？」

「殺された。結局どこから加賀友禅を盗んで来たのか、わからず仕舞いだ」

「…………」

呆然としている善次郎を残し、剣一郎は『越中屋』を引き上げた。

その夜、八丁堀の屋敷に京之進と並木平吾を呼んだ。太助も部屋の隅に控えている。

「わざわざ来てもらったのは他でもない。加賀友禅の件だ」

剣一郎はふたりの顔を交互に見て、

「奉行所で預かっている加賀友禅を前田家に返すことになった」

「えっ？」

ふたりとも意味が摑めないのだろう、きょとんとした顔をしている。

「きょう長谷川どのからお奉行よりの命令だと告げられた」

剣一郎は詳しく話した。

「前田家は献上する前に、何者かが加賀友禅をくすねたという。だから、返せということだ。ところが、誰がくすねたかについては前田家の問題だから奉行所が立ち入るべきではないと」

聞き終えると、京之進は目を剝いて、

「善次郎の話では、確かに将軍家に献上し、その受取りもあるとのことでした」

「わしも昼間、善次郎に会って来た。その善次郎だが、明日急遽国に帰ることになったそうだ」

「なんですって」

「前田家が江戸から遠ざけようとしているのかもしれぬ」

「なんと」

平吾は憤然とし、

「なぜ、お奉行は前田家の言いなりなのですか」

と、興奮した。

「前田家からは奉行所にかなりの付け届けがあるのだろう」

「そんなことで左右されるなんて」

京之進も吐き捨てる。

「でも」

平吾は不審な顔をし、

「なぜ、前田家は家中の不祥事にすることを引き受けたのでしょうか」

「老中に貸しを作っておけば、何かあとあと旨味(うまみ)があると考えたのであろう」

「汚い」

平吾はため息をついた。

「そうまでして、お城から盗まれたことを隠さねばならないのでしょうか」

京之進が疑問を口にする。

「そうだ」

剣一郎は眉根を寄せ、

「倉吉ひとりでお城から盗み出せるはずはない。城内に仲間がいるはずだ。それも、ひとりやふたりではないかもしれない」

「しかし、倉吉には仲間はいないということですが」

「だから、倉吉はお城から盗んだのではない。お城から盗んだ者の家に、倉吉は忍び込んだのだろう」

「今さらながら、倉吉が殺されたのは痛いですね」

京之進が歯嚙みをした。

「おそらく、前田家は献上前に盗まれたと言い張るであろう。それを覆す証はこちらにはない」

「では、どうしたら？」

京之進が口惜しそうにきく。

「やはり倉吉だ。ひとり働きだったとしても、親しい者はいたのではないか。行きつけの呑み屋、一膳飯屋などに馴染みの女か、気に入っている女がいたかもしれない。いたら、何か聞いていることも考えられる。倉吉の周辺を徹底的に洗うしかない」

「わかりました」

京之進と平吾が連れ立って引き上げたあと、太助が剣一郎のそばに寄って、

「あっしは何をしたらいいでしょうか」

と、真剣な眼差しできいてきた。

「岡場所だ。岡場所に倉吉の馴染みの女がいたかもしれぬ」

「岡場所ですか」

「長屋の倉吉の部屋に金はほとんどなかったそうだ。どこかで使っている。入れ揚げている女がいるかもしれない」

「岡場所を探すんですかえ」

「そうだ」

太助が尻込みをするように言った。

「いやなのか」

「いえ、そういうわけじゃ……」

「まさか、女が怖いわけではあるまいな」

「そんなことありません」

「そうか、金か。軍資金なら心配するな」

「へい」

太助は畏まって、

「お願いがございます」

「なんだ？」

「多恵さまには、あっしが岡場所に足を踏み入れていることを内緒に……」

「なぜだ？」

「なぜって」

そのとき、襖が開いて、多恵が顔を出した。

「よいところに」

剣一郎は多恵に声をかける。

「すまないが、太助に金を渡してくれないか。少し多めに」

「わかりました。太助さん、たいへんね。どんな探索かしら」

「いえ、たいしたことではないんで」

太助は小さくなって答える。

「どうしたの？　俯いたままで」

「いえ、なんでもありません」

「へんな太助さんね」

そう言い、多恵は部屋を出て行った。

「太助、堂々としていればいい」

剣一郎は笑いながら言う。

「へい」

多恵が戻ってきた。

「はい。どうぞ」

多恵が太助に金を渡した。

「こんなに」

太助は顔を上げた。

「遠慮するな。安い店だけでなく、高い店にも行かなくてはならないかもしれぬからな」

「高い店？」

多恵がきいた。

「いえ、それは……」

「料理屋だ。料理屋への聞き込みを頼んだのだ」

剣一郎は助け船を出した。

「そう、それはごくろうさま。太助さん、高い料理屋さんに行くならそれなりの格好をしていかなくてはだめよ。ちょうどよかったわ。太助さんに仕立てた着物がもうじき仕上がるわ」

多恵はうきうきしていた。太助の世話を焼くのが楽しいのだろう。

太助は恐縮しているのか小さくなっている。

ふと、何かを打ち付ける音がした。

剣一郎は立ち上がって障子を開けた。

「雨だ」

庭に咲いた梅の白い花に雨が打ち付けていた。ひさしぶりの雨は強くなりそうだった。

「じゃあ、あっしはこれで」

太助が帰ろうとした。

「待て、太助」

剣一郎は呼び止めた。

「雨が強くなってきた。今夜は泊まって行け」

「いえ、そんな」

「太助さん、こんな雨の中を帰るのはたいへんよ。泊まりなさい」

「でも」

「太助。泊まらないと、太助の聞き込み先を……」

　剣一郎は小声で言う。

「それはやめてください」

「じゃあ、泊まっていくな」

「いいんですか」

「当たり前だ。よし、太助はきょうは泊まっていくそうだ」

「よかった。じゃあ、すぐ床の支度をします」

「あっしがやります」

　太助が言う。

「じゃあ、来てください」

　多恵は弾んだ声で言い、部屋を出て行った。

　剣一郎も心が浮き立っていた。剣一郎と多恵の心を癒す太助は、不思議な男だと改めて思った。

激しい雨音に障子を開けてもう一度庭を見た。梅の白い花に雨が激しく打ち付けていた。ふいに加賀友禅の反物のことを思い出した。まさか、城の中で何かが……。文七郎の顔が脳裏を掠め、剣一郎は微かな不安に襲われた。

第二章　嫌疑

一

　翌日、ぬかるんだ道を慎重に歩きながら供の者に加賀友禅の反物を持たせ、剣一郎は本郷の加賀前田家の上屋敷を訪れた。

　門の中には広大な敷地が広がる。玄関に立つと、ふたりの若い武士が迎えた。

「南町奉行所の青柳剣一郎でござる」

　剣一郎は名乗った。

「お待ちしておりました。どうぞ」

　ひとりが上がるように勧める。剣一郎は供の者から反物を受け取り、式台に上がる。もうひとりの武士に刀を預け、案内に従った。

　広い御殿だが、まるで人がいないかのように静かだった。

　剣一郎は御殿の書院造りの座敷に通された。

「しばらくお待ちください」

案内の若い武士は部屋を出て行った。剣一郎は部屋の真ん中辺りに腰を下ろした。

しばらくして四十年配の武士と三十歳ぐらいの武士がやって来て、剣一郎と向かい合うように腰を下ろした。

「用人の榊原政五郎でござる」

四十年配の武士が名乗り、三十歳ぐらいの武士は御納戸奉行の助川松三郎と名乗った。

「南町奉行所風烈廻り与力、青柳剣一郎でございます」

「ごくろうでございました」

榊原の目は剣一郎の脇にある風呂敷包みに向いていた。

「では、さっそく」

榊原が引き渡すように迫った。

剣一郎は品物を膝の前に移し、風呂敷包みの結び目を解いた。

「まず、これがまことにこちらさまが将軍家に献上しようとした品に間違いないかお確かめを」

そう言い、風呂敷を開いた。

小花に草木をあしらった絹織物である。鮮やかな色合いで、草木の影まで描かれていた。

ふたりは身を乗り出して反物を眺め、

「間違いござらぬ」

と、榊原が答えた。

「では、それを」

品物を受け取ろうと、助川松三郎が膝を進めてきた。

「お待ちを」

剣一郎は手で制した。

「はっ？」

助川が不審そうな顔をした。

「これをお渡しする前にいくつか確かめたいことがございます」

「確かめる、とは？」

榊原が表情を変えた。

「城端の絹商人の善次郎は、この反物は将軍家に献上したものと助川さまから聞いたと話しておりました。その際、受取り書も見せていただいたとのことです」

「それは間違いであった」

榊原が厳しい顔で言う。

「間違いとは？　将軍家に渡っていないということでしょうか？」

「さよう。結局献上せず、当屋敷で保管していたのだ」

「こちらのお屋敷にあったと？」

「組下の者が大納戸部屋に収蔵したままにしていたのだ」

助川が言う。

「なぜ献上されなかったのでしょうか」

「それは、忘れていたのでござる」

「忘れていた……そもそも、いつ将軍家に献上する予定でしたか」

「去年の五月の殿の出府の折だ」

榊原が答える。

「それでは、いつこの品が失くなっていることに気づいたのですか？」

「半年ほど前のこと。だが、献上品を紛失したという失態を隠すために受取りを偽造し、献上したことにしたのだ」

「紛失の調べは？」

「調べたがわからなかった」

「何があったと思われたのでしょうか」

「盗っ人が忍び込んだのではないか、と」

「その痕跡はありましたか」

「いや……」

「ご家来衆の中に盗っ人がいるとはお考えにはならなかったのですか」

「当家にそのような不届き者はおらぬ」

榊原は強い口調で言う。

「将軍家に献上したように偽装することも、不届き者のすることではありませんか」

「………」

「この反物は倉吉という盗っ人がつい先日古着屋に持ち込んだものです。おそらく最近どこかに忍んで盗んできたのでありましょう。今のお話ですと、倉吉が忍び込んだのはこのお屋敷ではありませんね。この反物は半年ほど前にはすでになくなっていたわけですから」

剣一郎はふたりの顔を交互に見て、

「であるならば、最初にこの反物をこのお屋敷から盗んだ盗賊がいて、その盗賊の家から倉吉がこの反物を盗んだ。そういうことになります」

と、確かめる。

「おそらく」

「この反物は半年より前からこちらのお屋敷になかったということですね」

「そうだ。やっと当家に返って来たのだ。では、引き渡していただこう」

榊原が迫った。

「その前に、受取りを見せていただけませぬか」

「なに？」

助川が顔色を変えた。

「助川どのが善次郎に見せたという偽(にせ)の受取りです」

「青柳どの」

榊原が眦(まなじり)をつり上げ、

「そなたはその反物を返しにきたのではないのか。南町より青柳どのが返却に伺(うかが)うと聞いていたのだ」

と、語気を強めた。

「お話をお聞きして、もう少し調べなければならないと考え直しました」

「なに」

「この反物は半年ほど前から別の場所にあったとおっしゃる。さすれば、この反物がほんとうに半年ほど前にここにあったものと同じかどうかわかりません」

「言いがかりに何を言うのだ？」

「半年ほど前にここにあったという証（あかし）がございましょうか。さらに、それが盗まれたという証がございましょうか」

「………」

「盗まれたにしては、この半年間、なぜ探索をしなかったのでしょう。なぜ、町奉行所の協力を仰（あお）ごうとしなかったのでしょうか」

「それはさっきも言ったはずだ。盗まれたという落ち度を隠すためだ。奉行所の協力を仰がなかったのは、盗っ人に入られたという当家の恥を晒（さら）すことなど出来なかったからだ」

「ならば、なぜ、今はそのことを隠そうとしないのですか。今はおおっぴらに出来るようになったわけを教えていただけますか」

「それは……」

榊原は返答に窮(きゅう)した。

助川が立ち上がって黙って部屋を出た。が、すぐ戻って来た。廊下に控えていた者に何か言いつけたようだ。

「いかがですか」

剣一郎はふたりの顔を交互に見た。

「今、ご家老(かろう)が来る」

助川は顔を歪(ゆが)めて言う。

「わかりました。お待ちいたしましょう」

剣一郎は家老が出てくることを歓迎した。

襖(ふすま)が開いて、鰓(えら)の張った顔の四十過ぎの大柄な武士が入って来た。部屋に入ったときから、冷たく細い目が剣一郎の顔をとらえて離さない。

用人の榊原が空けた場所に腰をおろしても、剣一郎を睨(にら)み据えたままだ。剣一郎もその鋭い視線を正面から受け止めた。

「ご家老の田岡(たおか)さまだ」

用人の榊原が口を開く。

「南町奉行所の青柳剣一郎でございます」

「うむ」

田岡は鷹揚に頷く。

「青柳どのが品物を渡せないと」

榊原が田岡に告げた。

「なぜだ？」

田岡がきいた。重々しい声だった。

「半年ほど前に紛失し、その事実を隠蔽したわりには、今回あっさり盗まれたと口にしております。いささか、その点が不可解でございます」

剣一郎は田岡の冷たい目を見返しながら言う。

「品物を前田家に返すと南町奉行は約束したはずだ。お奉行の命に逆らうのはいかがなものか」

田岡が圧し潰すような迫力で迫る。

「半年前に紛失し、以来今日まで何の動きも見せてこられなかった。なぜ、今になって、取り返そうとなされるのか私には解せませぬ」

剣一郎は田岡の圧力を跳ね返すように言い、

「ですから、この反物がご当家にあったものだという証をお示し願いとう存じます。また、以前は紛失を隠したのに、今はおおっぴらにしているわけも教えていただきたいのです」

「当家の事情だ。そのほうに関わりない」

「いえ。このままではこの反物が半年ほど前までご当家にあったものと同じだとは断じられません」

「…………」

田岡の太い眉がぴくりと動いた。

「この反物を盗んだ男は殺されました。したがって、どこから盗んで来たのか知る術がありません」

「我らが前田家のものだと言っているのだ」

「……残念ですが、これはきょうお渡しするわけにはいきません」

「なんだと」

「もしこれがお城より盗まれたものならお城に返すべきでございます。それなのに、その品物をご当家に渡してしまっては、あとで私の責任問題にもなりかねません。いや、南町奉行所の大失態とのそしりを招くことになりましょう。したがいまして、この反物がどこから盗まれたのかはっきりしないうちはお渡しするわけにはいきません」

「そのほうの言い分もわからぬではない」

田岡が口を入れた。

「だが、南町奉行と我が殿との約束がある。口約束ではあるが、ご老中も聞いておられることだ。加賀前田家の藩主に対しての約束を反故にしたとなれば、お奉行どのの立場はどうなるであろうか」

「お奉行も殿さまも事情をよく知らぬままに話し合いが行なわれたのでありましょう。私から事情をご説明いたしても」

「ばかな」

田岡は吐き捨て、

「何があろうと一度約束したものが守られぬとあらば、南町奉行は信用を失い、ひいては南町の体面も失うことになろう」

「仮に、そうなったとしても道理を通さねば、それ以上に奉行所の不信を招くかもしれません」

「どうしても返却せぬと申すのか」

田岡はいらだったように頰を痙攣させた。

「どうしても返却せよと仰るならば、お返ししないわけではありません」

「条件をつけるというのか」

「はい」

「なんだ」

「まず、受取り書を書いていただきたい。それと、半年ほど前に紛失した事実を隠蔽するために将軍家に献上したという受取り書を偽造したことを書面に記していただきたい。この二点を受け入れてくだされば、この反物をお返しいたしましょう」

「何と無礼な」

用人の榊原が声を荒らげた。

「それほどお怒りになる要求とは思えませぬが……」

剣一郎は榊原に顔を向け、

「ただ、事実を書き記していただければいいだけのことです」

「………」

「万が一、この反物がお城から盗まれたということが明らかになった場合にも、その書付(かきつけ)があれば、なぜ前田家に渡したかという言い訳になりますゆえ」

「青柳剣一郎」

田岡が苦い顔をして、

「さすが、青痣(あおあざ)与力だ。その左頬の痣に恥じぬ豪胆(ごうたん)さである。我らがそのような
ことを書き記すことが出来ぬことを見抜いての申し入れ……」

「恐れ入ります」

剣一郎は頭を下げた。

「榊原、助川、我らの負けだ」

「ご家老」

榊原が驚いたように田岡に迫った。

「榊原。青痣与力の要求どおりに出来るのか。おそらく、青痣与力はこの先もこ
の品がどこから盗まれたか探索を続けるであろう。そして、それが明らかになっ
たとき、その書付が当家の首を絞めることになりはしないか」

「それは……」

榊原は返答に詰まった。

「助川はどうだ？」

「はっ」

助川もあとは押し黙った。

「助川。献上品の受取り書を持って来い」

田岡が命じると、助川は何か言おうとした。だが、口をあえがせただけで、助川は立ち上がり、部屋を出て行った。

「青柳剣一郎」

田岡は剣一郎を鋭い目で睨み、

「半年ほど前、将軍家に献上するはずだった加賀友禅の反物を紛失し、その責任から逃れるために一部の者が将軍家に献上したと嘘（うそ）をつき、受取りを偽造したのだ。そのような無法をしたなど書面に残すことは出来ぬ。どんな咎（とが）があるかもしれぬのだ。だから、当然であろう」

「では、あくまでも献上前に紛失したことは間違いないと仰るのでございますか」

「そうだ。今そのときに偽造した受取りを持ってくる。それを見れば、そなたも我らの言い分が正しいとわかるだろう」

やがて、助川が漆（うるし）塗りの黒い文箱を持って戻ってきた。

その文箱の蓋をとり、助川は一枚の書付を田岡に渡した。

田岡はその書付に目を落としてから、

「これだ」

と膝の前に置き、剣一郎の前に押しやった。

剣一郎は膝で前に進み、書付を手にし、元の場所に戻ってから書付に目をやった。

献上品の目録が記されており、城端塗りの盆や白漆蒔絵の硯などに混じって、加賀友禅の反物一反とあった。

御納戸組頭大木戸主水の名と花押。書付は公式に幕府が使用している紙だ。

「これは？」

本物ではないかと、剣一郎が顔を上げると、田岡は厳しい表情で頷いた。田岡も本物だと言っているのだとわかった。

やはり、この反物は将軍家に献上されていたのだ。つまり、城の中から何者かに盗まれたということになる。

「青痣与力、我らの言い分が信じられぬのなら、これ以上の話し合いは無駄というもの。その書付が真実だ。我らは我らの役目を果たさねばならぬ」

田岡は口ではそういう言い方をしたが、殿の命令に逆らえないのだと暗に訴えているように聞こえた。

田岡はさらに付け加えた。

「殿には青柳どのが我らの言い分をまったく信用せず、品物を渡さずに持ち帰ったと報告させていただく」

「わかりました」

「殿はこのことを登城の際、老中に告げるであろう。今後、老中がどう出るかわからん。だが、あとはそちらの問題だ。当家はこれを以て、この件と関わりを避けたい。当家としては、いまごろこのような事態になって困惑しているのだ。何があったのか知りたいところではあるが、もはや当家の手を離れた問題。あとはそなたがどう動くか」

田岡は苦しげに眉を寄せた。

「わかりました。私の勝手な考えで、この品物を持ち帰ることにいたします。ご家老さまの胸中、お察し申し上げます」

剣一郎は一礼して立ち上がった。

「青柳どの」

田岡が見上げて言う。

「今どき、そなたのような豪胆な役人がいることに驚いておる。すべて片づき、そのほうに暇が出来たら一献傾けたいが、いかがか」

「はっ、喜んで」

剣一郎は答えた。

部屋を出ると、控えていた武士が剣一郎を玄関まで見送った。助川松三郎がついてきた。

式台に下りた剣一郎に助川が耳打ちをするように、

「善次郎に話したことが真実です。その後、殿から献上をなかったことにするように言われました。ほんとうは私も納得していませんでした。青柳どのが抵抗してくださったことに感謝申し上げます」

そう言うや、助川はすっと後ろに下がって剣一郎を見送るように頭を下げた。

前田家の上屋敷を出て、本郷通りを歩きながら、城内でうごめく闇を思ったとき、再び文七郎の顔が脳裏を掠めた。

二

剣一郎は奉行所に帰り、宇野清左衛門と共に長谷川四郎兵衛と会った。

「青柳どの。前田家の上屋敷に行ってきたとのこと、御苦労であった」

四郎兵衛はねぎらってから、

「で、品物は無事に返却して来たのだな」

と、確かめた。

「いえ、持ち帰ってまいりました」

剣一郎ははっきりと告げた。

「持ち帰ったとは？」

四郎兵衛はすぐには理解出来なかったようだ。

「前田家側の言い分に不審があったため、反物は持ち帰りました」

「なんと」

四郎兵衛は大仰(おおぎょう)に目を見開き、

「青柳どの、血迷ったのか」

「いえ」

「そなた、お奉行の顔を潰す気か」

四郎兵衛は額に青筋を浮かべた。

「お言葉ですが」

剣一郎は冷静に反論する。

「献上品の受取りを見せていただきました。目録の中に、加賀友禅の反物二反とありました。その受取りは本物に間違いありません。加賀友禅の反物は将軍家に献上されているのです」

「そんなはずはない。お奉行は前田公から献上品の反物を盗まれたとはっきり言われたそうだ」

「おそらく、前田公は老中のどなたかから頼まれたものと思われます。城内から盗まれたとなると一大事なので、献上の前に盗まれたことにしてもらいたいと」

「ばかな」

四郎兵衛は吐き捨て、

「なぜ、前田公はそのような頼みを引き受けるのだ」

「老中に貸しを作っておくことは決して損ではありますまい。加賀の特産品の販路を江戸に求める際も優遇されるかもしれませぬ」

　城端の絹商人善次郎の言葉を思い出して言う。

「そのような事情はどうでもよい。重要なのはお奉行の面子だ。約束を破ったとなったら……」

　前田家の家老と同じことを言うと思いながら、

「さっきも申しましたように受取りは本物です。すでに加賀友禅の反物は将軍家のものです。それを前田家に渡してしまってよろしいのですか。あとで、お城から盗まれたものだと明らかになった場合、お奉行の立場が微妙になりませんか」

　剣一郎は脅すように、

「お奉行が前田公と図って、将軍家の品物をくすねたという疑いを招きませぬか」

「…………」

　四郎兵衛は絶句した。

「長谷川さま。あの品物が献上されたのは間違いありません。そのことをお奉行によくお話ししてください」

「ほんとうに城内から盗まれたのか」

清左衛門が口をはさんだ。

「間違いありません。ただ、ひとり働きの倉吉が城から盗み出したとはとうてい考えられません。もっと大がかりな盗賊一味の暗躍が考えられます。当然、城内にも盗賊と内通している者がいると見なければなりません。もしくは城勤めの者が献上品を横領しているのやも」

「待て」

四郎兵衛は声を高くして、

「城中の探索は奉行所の役目ではないし、第一入ることさえ出来ぬ。お目付に委ねるしかない。だが、お目付とて城内の探索は苦労するはず。ならば、反物一反だけのことなのだからお城に返却して、ことを穏便に済ませてもいいではないか」

と、剣一郎に翻意を促した。

「露顕したのは反物一反の紛失ですが、もしかしたら他にも将軍家への献上品でなくなっているものがあるかもしれません」

「まさか」

四郎兵衛は口を半開きにして唖然となった。

「まず、献上品を検め、なくなったものがないか調べる必要があります」

剣一郎は決然と言い、

「ただ今は慎重に動かなければなりません。確たる証はなく、へたに騒ぎ立てたら証拠隠滅を図られてしまうでしょう。お目付に訴えるのも時期尚早と思います」

「では、どうするのだ?」

「御納戸役の中で信頼の出来るお方を探し出し、密かに協力を仰ぐべきかと」

「探し出す手立てがあるか」

四郎兵衛はすがるようにきく。

「いささか」

「そうか。では、青柳どのにお任せしよう」

清左衛門は剣一郎を頼りきっている。

「わかりました。その一方で、我らは倉吉が加賀友禅の反物を盗み出した場所を探り出します」

「すでに死んでいるではないか。死人からどうきき出すのだ?」

四郎兵衛がいらだったようにきいた。

「ひとり働きの倉吉とて、ひとりぽっちで生きていたはずはありません。どこかに親しい者がいたはず。その者に加賀友禅の反物のことで何か話しているということは十分に考えられます」

「あくまでも期待でしかなかろう」

四郎兵衛が口元に冷笑を浮かべた。

「はい。ですが、調べてみなければ何もはじまりません」

「長谷川どの。ここは一切、青柳どのに」

「うむ」

四郎兵衛は渋々頷き、

「お奉行にはどう報告したらいいのだ？」

「ありのままをご報告ください。ただ、城内にてこの件をお話しなさることは控えていただきたく、そのようにお願いいたします。もし、必要があれば、私が直にお奉行にご報告いたします」

「それには及ばぬ」

四郎兵衛は剣一郎が直に奉行に会うことは気に入らないようだった。

四郎兵衛は厳しい顔で先に引き上げて行った。

「では、頼んだ」

昼過ぎ、与力部屋に植村京之進と並木平吾を呼んだ。

「前田家に行ってきた。やはり、加賀友禅の反物は将軍家に献上されていた」

剣一郎は加賀前田家での家老らとのやりとりを話して、そう言い切った。

「あの反物はお城から盗まれたものだ。だが、倉吉がお城から盗み出したのではない。お城から別の場所に持ち出したものがいるのだ」

京之進と並木平吾の顔に緊張が走った。

「ひとりで出来ることではありませんからね」

並木平吾が興奮して言う。

「そうだ。何人も関わっている。問題はたまたま加賀友禅の反物だけが城外に持ち出されたか。それとも、他にもあるか。それによっては事態はさらに深刻になる。だが、我らはお城の中には踏み込むことも出来ない」

「無念です」

京之進は悔しがった。

「我らが出来ることは倉吉が忍び込んだ場所を探し出すことだ」

「呑み屋や一膳飯屋でも話をきいたのですが、倉吉はいつもひとりでやって来ていたそうです。親しい者は見つかりませんでした」

　京之進がため息混じりに言うと、並木平吾が続けた。

「小間物屋として行商していたので品物の仕入れ先の小間物屋の番頭にきいてみましたが、ほとんど倉吉のことを知りませんでした。これから、倉吉の客を調べてみます」

「いや、客を見つけても表の稼業で知り合った相手に、裏の話をするとも思えない。倉吉に親しい者がいることは期待出来ない。そこは諦めよう。それより、もうひとつのとっかかりがある」

　剣一郎は次の手立てを考えた。

「それは、『春日屋』に倉吉のあとから入って来た職人体の男と店先にいた遊び人ふうの男だ」

　剣一郎は間を置いて、

「あのふたりはずっと倉吉を尾けていたと思うか」

　と、きいた。

「言われてみれば、最初から尾けていたのならもっと早く倉吉を捕まえてもよかったはずですね」

京之進が首を傾げた。

「そうだ。倉吉は風呂敷包みに包んだ反物を小脇に抱えていたのだ。怪しいと思ったら捕まえてもよかったはずだ」

「あのふたりは倉吉のことは知らなかったのですね」

並木平吾が言う。

「おそらく、職人体の男は反物を盗んだ男がどこかで金に換えると踏んで、高価な品を扱う古着屋の前で待ち伏せていたのではないか」

「そこに倉吉がやって来た……」

「そうだ。職人体の男は小脇に抱えた荷物をみてぴんときたのに違いない。あとから店に入り、男が広げている反物を検めたようとした。だが、倉吉はその男が何者かを察し、あわてて品物を摑んで逃げ出したのだ」

「そのとき、ちょうど丹治が駆け付けてきたのですね」

京之進は合点しながら、

「すると、丹治のあとからそのふたりも倉吉を追って行ったのでしょうか」

「おそらく、そうだろう」

あのとき本町通りは人通りも多く、それに倉吉と善次郎がぶつかったことに注意が行っていたので、丹治のあとを追い掛けていた男がいたことに気づかなかったのだ。

「あのふたりは反物を持っていた人物の手下であろう。つまり、そういう手下がいる家に倉吉は盗みに入ったのだ。だが、倉吉が博徒の家に忍び込むとは思えない。やはり、倉吉が忍び込んだのは大きな商家だろう」

「商家でありながら、遊び人ふうの男がいるところですね」

「そうだ。それも手掛かりのひとつかもしれない。だが、もっと大事な手掛かりがある」

「なんでしょうか」

ふたりは身を乗り出した。

「城から誰にも見とがめられず反物をどうやって外に持ち出せたのか。城に出入りできる者でなければ無理だ」

あっ、と京之進が声を上げた。

「御用達商人」

「うむ。御用達商人、その他、お城に出入り出来る商人を片っ端から調べるのだ。その店に『春日屋』に現われた職人体の男と遊び人ふうの男がいる」

「わかりました」

並木平吾も大声で答えた。

「ふたりで手分けをして御用達商人を調べてみます」

「頼んだ」

剣一郎はふたりが引き上げてから帰り支度をした。


いったん八丁堀の屋敷に帰ってから着替えて、剣一郎は多恵に小石川に行ってくると言って再び屋敷を出た。

小石川の多恵の実家である湯浅家の門を入ったとき、あたりはすっかり暗くなっていた。

玄関に立つと、用人が出てきた。

「これは青柳さま。どうぞ、お上がりください」

「文七郎は帰ったか」

「まだでございますが、もうそろそろお帰りになります」

「待たせてもらおう」

剣一郎は腰から刀を外して式台に上がった。

岳父の部屋に行くと、

「よう来てくれた」

と、相好を崩して迎えた。

「義父上もお元気そうでなによりでございます」

「文七郎がよくやってくれるので、わしも元気になった」

「文七郎もお役にだいぶ馴れてきたそうですね」

「うむ。呑み込みも速く、周囲の人望もあるようだ。わしの昔の配下の者が挨拶にやってきたときに教えてくれた」

「安心しました。やはり、義父上の子でございます」

義母もやってきて話に加わった。

文七郎は義母ともうまくいっているようだった。

「そのうち嫁を娶らねばいけませぬ」

義母が微笑んで、

「今、薦めている娘さんがいるのですよ」

「そうですか。文七郎の気持ちは?」

「まだ、気持ちは固まっていないようで」

「そうですか」

女中が声をかけて襖を開けた。

「殿さまがお帰りにございます」

「帰ってきたか」

剣一郎は呟き、

「では、少し文七郎と会っていきます」

と言い、会釈して立ち上がった。

文七郎の部屋に行くと、着替えを済ませて待っていた。手を膝に置き、背筋を伸ばして端座していた。武士らしいたたずまいに、剣一郎は思わず目を瞠った。

「お久しぶりにございます」

文七郎は腰を折った。

「見違えたぞ」

剣一郎は正直に応じた。

「恐れ入ります」

「お役目のほうはどうだ」

「はい。ようやく仕事にも馴れてまいりました」

「最初は苦労したであろう」

「はい。上役や朋輩にも挨拶がてらのもてなしをしなければならず、いささか理不尽な目にも遭いましたが、ようやく仲間として認められてきました」

「奉行所でもそうだが、新任は古参の者に料理屋への接待や付け届けなどを強いられる。悪習であるが、なかなかなくならぬ」

「それで仕事をちゃんと教えていただけるのなら仕方ないのかもしれません。でも、私は後輩にはそのような気を遣わせないようにするつもりでおりますが」

　文七郎は目を細めて言う。

「ぜひ、そうすることだ」

「はい」

「ところで、御納戸役というのは大名家からの献上品などの管理も行なっているのだな」

　剣一郎はさりげなくきいた。

「はい、さようでございます」

「仕事のほうでは特に変わったことは?」

「いえ」

文七郎は訝しげな表情で、

「何かございましたか」

「うむ」

剣一郎は一拍の間をとってから、

「じつは、加賀前田家が将軍家に献上した加賀友禅の反物を、倉吉という盗っ人が持っていた」

「どういうことでございますか」

文七郎は不審そうにきいた。

「おそらく、お城から献上品が持ち出されたのだ」

「まさか、そのようなことが……」

文七郎は信じられないというように目を見開いた。

「加賀前田家が去年の五月に献上している。受取りもある。御納戸組頭大木戸主水どのの署名と花押があった」

「信じられませぬ」

「そなたに頼むことは心苦しいが、前田家からの加賀友禅の献上品がどういう扱いになっているのか、こっそり調べてはもらえぬか」

「わかりました。調べてみます。なれど、その盗っ人が持っていた反物はほんとうに献上品なのでありましょうか」

「偽物とは思えぬが、献上品と同じものがもうひとつあったことも考えられる。ただ、生産元である城端の絹商人善次郎ははっきり献上品だと言い、同じものがもうひとつあるとは言っていなかった」

「ともかく調べてみます」

「十分に気をつけて。気取られないように」

「わかりました。わかり次第、お知らせにあがります」

「頼んだ」

　剣一郎は応じてから、

「先日、剣之助と呑んだそうだな。多恵にそう話していたようだ」

「はい。ときたま剣之助さまは会いにきてくれて、私を励ましたり助言をしてくれていました。剣之助さまにはずいぶん助けていただきました。私が思ったより早く武士の暮らしに馴れたのも、剣之助さまのおかげでございます」

「そうだったのか。剣之助はわしにはそのようなことは何も言わなかった。まあ、昔から剣之助はそなたのことを好いていたからな」

剣一郎は剣之助の成長に目を細めた。

その後、多恵の話などをし、剣一郎は義父母に挨拶をして湯浅家を引き上げた。

三

翌朝、文七郎はお城に出仕(しゅっし)した。

西の丸御納戸衆の用部屋で文机(ふづくえ)に向かって書類を開いていたが、剣一郎から聞いたことが文七郎の頭から離れなかった。

献上品が盗まれるようなことはあり得ない。盗っ人が献上品も収蔵されている富士見御宝蔵(ふじみおたからぐら)に忍び込むことは不可能だ。

だが、剣一郎は持ち出されたと疑っていた。いや、疑いではない。今、献上品の加賀友禅は奉行所に収蔵されているという。

他の御納戸衆も皆文机に向かっている。隣の文机に向かっていた朋輩の松倉太(まつくらた)

一郎（いちろう）は書類に見入っている。同い年の三十歳だが、松倉は御納戸衆の先輩であり、文七郎の新任当初から仕事を教えてくれた。色白の、顔の長いのんびりした男だった。文七郎にとっては一番親しく、信頼出来る友人であった。

その松倉にも黙って、文七郎は立ち上がった。松倉は書類に目を落としたままだ。他の者も文七郎に目を留めることはなかった。

文七郎は部屋を出て、庭から西の丸裏御門を出て本丸に向かった。

本丸に入って富士見御宝蔵に向かう。

御宝蔵御門にある番所に顔を出し、番士に献上品の確認をしたいという申し入れをし、入室帳に記名をし、中に入った。

剣一郎の話では受取りの日付は去年の五月二十日だ。その時期の台帳がある棚に向かう。ときたま窓を開けて空気を入れ換えているようだが、陽の射（さ）さない部屋は黴（かび）のような独特の臭いがする。

五月分の台帳を棚から下ろし、壁際にある文机の上に置いた。二十日の頁を開く。諸大名や御用達商人などからの献上品についての記録がある。

その中に加賀前田家からの献上品の目録が記されていた。盆や硯などと共に加賀友禅の反物二反とあった。

確かに、前田家から加賀友禅の反物が贈られていた。この台帳には収蔵場所も記されている。

台帳を棚に戻した。

次に、収蔵した品物の履歴を管理する台帳を探し出す。

加賀友禅の反物の項を調べると、まだ収蔵されたままだ。もし、引き出されていたら、そのことが記される。

次に、文七郎は実物を確かめるために収蔵場所に赴(おもむ)いた。

台帳に指定された棚に向かう。たくさんの品物が整然と並んでいる。文七郎は緊張した。果たして、その反物があるかどうか。

盗まれたのなら、その反物は記された場所にないはずだ。やがて、文七郎はその品物のあるべき棚に行き着いた。

桐(きり)の箱が目に入った。文七郎はそれを手にとった。添付(てんぷ)された明細(めいさい)には去年の五月に前田家から献上を受けたと記してあった。その短冊(たんざく)状の明細にははっきり加賀友禅という文字が記されていた。

品はあった。文七郎は思わずため息をついた。

だが、念のために箱の中を見ようと蓋を開けた。紫の布に包まれた反物が入っていた。やはり、剣一郎が言っていた反物は献上品とは別物のようだ。

そう思いながら、文七郎は布を開いてみた。そして反物に触れたとき、違和感を持った。絹の感触ではない。綿だ。

あっ、と思い、文七郎は箱から反物を取り出した。

やはり、綿だ。それも安物だ。

「何をしておる」

ふいに大声がし、文七郎ははっとした。

御納戸組頭の大木戸主水が立っていた。

「こんなところで何をしておるのだ」

大木戸主水が近付いてきてもう一度きいた。

「大木戸さま。これをご覧ください」

文七郎は反物を見せた。

「木綿だな。それもだいぶ古い。これはどうしたのだ？」

大木戸が問い質すようにきく。

「この箱に入っておりました」

文七郎は桐の箱の書付を見せた。

「加賀友禅？」

　大木戸は眉根を寄せた。

「去年の五月に前田家から献上された品の加賀友禅の箱に、この木綿が入っておりました」

「ばかな」

　大木戸は目を見開き、

「この献上品はわしが受け取った。そのときはちゃんとした加賀友禅の反物が入っていたのだ。何者かがすり替えたのか」

　大木戸は桐の箱が置いてあった棚のそばに行き、その並びにある箱も開けてみた。他家からの献上品の布だ。

「こっちは問題ない。箱書きと同じだ」

　大木戸は呟いた。

「とりあえず、戻しておけ」

「はい」

　文七郎は言われたとおりに箱に仕舞い、元の場所に戻した。

「よいか。このこと、まだ誰にも言うな。ひそかに調べる」

「はい」

「それより、そなたはなぜこのことに気づいたのだ？」

「それは……」

文七郎は言い淀んだ。剣一郎から調べるように頼まれたことはまだ言わないほうがいいと思い、

「台帳との照らし合わせをしていて、ふと、ほんとうに添付の明細と中身は同じなのかと気になって調べてみたのです」

「わかった。持ち場に戻れ」

「いちおう、皆調べたほうがよろしくはありませんか」

文七郎は提案する。

「おおっぴらにやると、不審をもたれる。騒ぎを大きくしたくない。限られた人数でやらねばならない。もうしばらく待て」

「はい」

文七郎は応えてから、

「組頭さま」

と、声をかけた。

「なんだ?」

大木戸が鋭い目をくれた。

「誰にも言わないでおいたほうがよろしいですか」

あわてて、文七郎は思いついたことを口にした。

「そうだ。まだ、そなたの胸に畳んでおくのだ。さあ、部屋に戻れ」

「はい」

文七郎は出入り口に向かった。途中で振り返る。大木戸は考え込むように立ちすくんでいた。

さっき文七郎はあることをきこうとして思い止まったのだ。なぜ、大木戸はここにやって来たのか。

何か直々に調べることがあってやって来て、たまたま文七郎に出会ったのか。それとも……。そんなはずはないと、文七郎は打ち消した。文七郎の様子を探るためにやってきたのではと一瞬思ったのだ。それはあり得ないと、文七郎はもう一度呟いた。

文七郎は部屋に戻って文机に向かったが、献上品の中身がすり替えられていたことが頭から離れなかった。

すり替えが出来るのは御宝蔵に自由に出入りしている者だ。それは御納戸役の者たちだ。

御納戸組頭の下に御納戸衆やさらに御納戸同心が多くいる。この中に、すり替えた者がいるのだろうか。

御納戸役以外の者でもこっそり入ることは出来るかもしれないが、すり替えが他の品物でも行なわれているとしたら自由に出入り出来る御納戸役の者ということになろう。

文七郎は他の品物を見てみたかった。特に高級な絹織物だけ調べたい。西陣織や、京友禅の反物など。

箱書きに京友禅と記された箱の中身を調べてみればいいのだ。そう思うと、すぐに調べたい衝動に駆られた。

「文七郎」

隣の文机に向かっていた朋輩の松倉太一郎が声をかけていたらしい。

「おい、文七郎」

その声で、文七郎ははっとした。

「どうしたんだ？」

松倉が顔を覗き込んだ。

「珍しく、落ち着きがない。どこか苦しいのか」

「ちょっと考えごとをしていたのだ」

文七郎は答える。

「何か困ったことでもあるのか。遠慮するな。相談に乗る」

「ありがとう。だいじょうぶだ。でも、もしかしたら相談に乗ってもらうかもしれない」

「いつでも構わん」

「そのときは頼む」

京友禅と箱書きにあるものを調べるとき、松倉の手を借りようと思った。

「文七郎、きょう『うら川』にどうだ？」

「すまない。きょうは寄るところがあるのだ」

剣一郎の屋敷に行くつもりだった。加賀友禅の反物がすり替えられていたことを報告しなければならなかった。そして、今後どう動くか判断を仰がねばならない。

「そうか」

松倉は肩を落とした。

「ひとりで行ってくればいい」

「ひとりでか」

『うら川』は神楽坂(かぐらざか)の目立たない場所にある料理屋で、松倉はそこのおのぶという女中が気に入っていた。

「ひとりで行ったほうが、おのぶにはかえって喜ばれるのではないか」

「そうだな」

松倉はにやついた。

「ひとりで行ってみるかな」

「そうしろ。今度、付き合う」

松倉は急に元気になった。


夕方、お城を退出した文七郎は八丁堀の屋敷に剣一郎を訪ねた。

久しぶりの八丁堀の屋敷だった。

「文七郎、お元気そうで」

姉の多恵が目を細める。

「姉上もお変わりなく」

文七郎はこの姉にはずいぶん世話になった。文七郎は湯浅の父と料理屋の女中だった母との間に生まれた。母は文七を身籠もったあと、湯浅の父に迷惑をかけたくないと、誰にも言わずに料理屋を辞め、三ノ輪の知り合いの家で文七郎を産んだのだ。

再び料理屋で働き出した母とのふたり暮らしは数年で行き詰まった。母が病になってしまったのである。幼い文七郎は蜆売りや納豆売りなどをして暮らしを助けたが母の薬代が嵩み、どうしようもなくなっていた。そんなとき、多恵が長屋に現われたのだ。

それからは多恵はなにくれとなく母子の面倒を見てくれた。長じて、多恵が与力の剣一郎に嫁いだあと、多恵に乞われ、剣一郎の手先となって働いてきたのだ。母は多恵を恩人だと死ぬまで感謝していた。

「義兄上は？」

今までは青柳さまと呼んでいたのに、今は義兄上と呼ぶようになった定めを不思議に思いながらきく。

「ちょっと前にお帰りになりました」

多恵はそう言い、剣一郎の部屋に案内した。

「おまえさま、文七郎が参りました」

襖を開けて、多恵が声をかける。

「なに、文七郎が」

剣一郎は立ち上がって文七郎を迎えた。

「さっそく調べてくれたのか。さあ、座れ」

「はい」

文七郎は剣一郎と差し向かいになると、すぐに話を切り出した。

「御宝蔵に収蔵されているはずの加賀友禅の反物が、安物の反物にすり替えられておりました」

「なに、すり替えられていたと」

「はい。桐の箱の箱書きには加賀友禅と記されていましたが、中身は別物でした」

「そうか」

「私が調べているときに、御納戸組頭の大木戸さまが現われました。それで箱の中身がすり替えられていることを話しました。大木戸さまからどうして気づいたのだときかれましたが、台帳との照らし合わせをしていて、ほんとうに箱書きと中身は同じなのかと気になって調べてみたと話しておきました」

「そうか」

「ただ、不思議なのは、あの場所に大木戸さまがやって来た理由なのです。ほんとうに用があったのか。まさか、私の動きを調べるつもりだったのか。でも、それは考えられません」

「そなたに頼んだのは昨日だ。どこかから話が漏れて、そなたの動きを気にするには早すぎるな」

「そうですね。そうだとしたら、本物は今奉行所にあるとお話ししたほうがよろしかったでしょうか」

「いや、まだいい。そのうち、他から耳にするかもしれない。そのとき、誰から聞いたかを参考のために知りたい」

「わかりました。それから、大木戸さまにはしばらくおとなしくしているように言われましたが、西陣織や京友禅と明細に記された品物を調べてみようと思っています。ほんとうに中身があるかどうか」

「もし、他にもなくなっているものがあったら由々しきことだ。大勢が関わっての仕業ということになるだろう」

「はい。さっそく調べてみます」

文七郎は緊張して言う。

「文七郎。これからは用心して別の場所で会おう。そなたがここに出入りをしていることを知られないほうがよい。そうだ、太助に仲介させる」

「太助はなかなか使える男だそうですね」

「うむ、よくやってくれている」

「私も安心しました」

文七郎は少し寂しい気持ちを隠して言った。

「この件が片づいたら、太助を交えて酒でも酌み交わそう」

「はい、楽しみにしております。では、これから剣之助さまに挨拶して引き上げることにいたします」

文七郎は一礼して立ち上がった。

離れの庭先に立ち、

「剣之助さま」

と、文七郎は声をかけた。

「はい」

すぐに障子(しょうじ)が開き、剣之助の妻女の志乃が顔を出した。

「まあ、文七郎さま」

「志乃さま、お久しぶりにございます」

匂うような美しさの志乃に圧倒されながら、文七郎は挨拶し、

「剣之助さまはいらっしゃいますか」

すると、志乃の背後から剣之助が顔を覗かせた。

「文七郎さん。お出ででしたか。さあ、どうぞお上がりください」

「いや、きょうは仕事の用で参りました。剣之助さまに挨拶だけをしようと思いまして。また、改めて参ります」

「残念ですが、またぜひ」

剣之助と志乃に会釈をし、母屋(おもや)に戻って多恵に挨拶をして、文七郎は剣一郎の屋敷を辞去(じきょ)した。

外はすっかり暗くなっていた。八丁堀を出たときから文七郎は誰かに尾けられている気配を感じた。

日本橋を渡り、本町に差しかかったとき、文七郎は人込みに紛れて路地に飛び込んだ。そこで立ちどまり、尾けてくる者を待った。

しばらく待ったが、尾行者らしき者はやって来なかった。文七郎は通りに出て、やって来たほうを見た。

だが、行き来するひとが多く、怪しい人影は見当たらなかった。

文七郎は諦めて帰途についた。

四

翌日、剣一郎は出仕したとき、宇野清左衛門に呼ばれた。

清左衛門のところに行くと、呼んでいるのは長谷川四郎兵衛だというので、内与力の用部屋の隣に向かった。

四郎兵衛の用件は想像がつく。きのうお奉行は前田公とお城で会ったのであろう。どんな話し合いがあったのか。

いつもの部屋で待っていると、四郎兵衛がやって来た。

「青柳どの。前田公より、そなたへのお言葉をお奉行が預かってこられた」

四郎兵衛が不機嫌そうに切り出した。

「青柳剣一郎、このたびの計らい、ごくろうであったとのことだ。献上したはずのものを当家が受け取ったら、あとあと拙いことになっていたかもしれぬ。青柳どののおかげで過ちを犯さずに済んだと」

「はっ、承りました」

「また、お奉行より、よく気づいた。危険を回避できたとのお言葉だ。以上だ」

四郎兵衛が言い捨て立ち上がった。

「長谷川どの」

清左衛門が呼び止めた。

「青柳どのの計らいを前田公もお奉行も褒めてくださったわけでござるな」

「そういうことだ」

「当初、長谷川どのは青柳どのをご非難しておりましたな。長谷川どのは青柳どのに対してどうお思いなのでござるか」

「なに？」

「長谷川どのは青柳どのに対して感謝するなり、謝るなりの……」

「わしはお奉行のお考えを取り次いだだけだ」

「しかし、お奉行の面子がどうのこうのと仰っておいででしたが」

「うむ……」

「宇野さま。私は何とも思っておりません」

剣一郎は清左衛門を抑える。

「いや、この際だから」

「それより、なぜ、前田公はあっさり考えを変えたのでしょうか」

「家老に叱られたと、お奉行に話していたそうだ」

剣一郎は田岡という前田家の家老を思い出した。田岡が前田公を説き伏せたのであろう。老中に貸しを作ろうとした行ないをたしなめたのかもしれない。

だが、と剣一郎は屈託を持った。

前田公は老中にこの件で剣一郎が動いていることを話したかもしれない。

「長谷川さま」

「なんだ」

四郎兵衛は立ったまま剣一郎を見下ろす。

「最初にこの件を前田公に頼んだご老中とはどなたでございましょうか」

「聞いておらぬ。ご老中のひとりというだけだ」

「お奉行にご老中がどなたかきいていただけませぬか」

「なぜ、ご老中の名を知りたいのだ？」

「いえ、念のために」

「お奉行が下城されたらきいておく」

そう言い、四郎兵衛は部屋を出て行った。

「相変わらずだ。長谷川どのは、決して青柳どのに頭を下げようとはせぬ」

清左衛門は呆れたように顔を歪めたが、

「それより、今の話だ。ご老中がどうかしたのか」

と、真顔になった。

「少々妙に思うことが」

「何か」

「じつは、湯浅文七郎が富士見御宝蔵の献上品を調べたところ、中身がすり替えられていたそうです」

「なに、中身が？」

「はい。何の情報もなく、偽の品を用意して盗みに入ることは出来ますまい。これをもってしても単なる盗っ人の仕業ではなく、内部の者が深く関わっているということになります。問題はそのあとです。文七郎が調べているとき、御納戸組頭の大木戸主水どのがそこに現われたというのです」

「御納戸組頭が？」

「まるで文七郎の動きを察してのように思えます。私が文七郎に調べを頼んだのは一昨日です。そして、文七郎が献上品を調べたのは昨日の昼過ぎ。文七郎の動きを警戒するにしてはあまりにも早過ぎます」

「どういうことだ？」

「昨日の昼前に、前田公はお奉行にこの件で話をされていますが、その前にご老中に事情を話されたことでしょう」

「ひょっとして、ご老中から御納戸組頭に話が伝わったと？」

「はい。当然、組頭どのは文七郎と私が姻戚関係にあることは承知のこと」

直参の者の姻戚関係はすべて知られている。当然、文七郎が湯浅家に養子に入ったときから剣一郎との関係も調べられている。

「なるほど」

「もちろん、今の話は何ら証があるわけではなく、あくまでも推測だけです。しかし、献上品の紛失に関しては、ひとりではなく何人もが関わっているはず」

「これは根が深いかもしれぬな」

「はい。文七郎に気をつけさせねばと」

誰が敵で誰が味方か、まったくわからない状態では文七郎もへたに動けない。

「そうよな。ともかく、ここを出よう」

清左衛門は腰を浮かせた。


剣一郎が与力部屋に戻ると、同心の礒島源太郎と大信田新吾が待っていた。

「これから出かけるのか」

町に見廻りに出る挨拶かと思っていると、

「青柳さま」

と、源太郎が厳しい表情で口を開いた。

「木挽町一丁目に『近江屋』という大店の呉服屋がございます。昨日、見廻りの途中にその前を通りかかったとき、路地から遊び人ふうの男がふたり出てきました。そのうちのひとりの顔に微かに見覚えがありました。そのときは何か引っかかりを覚えただけだったのですが、ゆうべ本町通りに差しかかったとき、はっと思い出したのです」

　源太郎は夢中で続ける。

「先日、本町通りで盗っ人の倉吉が善次郎とぶつかりました。起き上がった倉吉があわてて逃げたあとを丹治が追って行きました。私が善次郎を助け起こそうとしたとき、野次馬の背後にいた男の顔が一瞬目に飛び込んだのです。善次郎のほうに気を取られていたのですっかり忘れていたのですが、『近江屋』の路地から出て来た男が、そのときの男に似ていました。三十前後の四角い顔の男でした」

　源太郎は息継ぎをし、

「『春日屋』に現われた職人体の男は三十前後のがっしりした体つきで、眉毛が濃く、細面の顎が尖っていたとのことなので、その男とは違うようです。遊び人ふうの男が店先にいるのを見たと岡っ引きの丹治が言っていましたが、その男と同一人物かどうかはわかりません。しかし、路地から出て来た男は本町通りで見た男に似ていました」

「確かに『春日屋』の店先にいた男かどうかはわからんが、調べてみる価値はある。よく見ていた。さっそく調べてみる」

「はい。では、我らは見廻りに」

「ごくろう」

ふたりが去ったあと、剣一郎も出かける支度をした。

編笠をかぶった着流しの剣一郎は、紀伊国橋を渡り、木挽町一丁目にやって来た。呉服屋『近江屋』はすぐわかった。それほど大きな店ではなかった。

剣一郎は店の前を素通りする。将軍家御用達の看板がかかっていた。間口は広いものの、それほど客が入っているようには思えない。

それから、自身番に寄った。店番の家主は居住まいを正して、

「青柳さま」

と、頭を下げた。

「呉服屋『近江屋』について少し教えてもらいたいのだが」

剣一郎は切り出した。

「『近江屋』さんが何か」

「そういうわけではない。今まで、あまり聞かなかった店なのでな」

「はい。まだ出来て三年ですので」

「三年か。そんなに新しい店なのか」

「はい。主人の藤四郎さんは元は本郷にある古着を中心に呉服を商う店で番頭を

していたそうです。そこで先代に見込まれて壻に入ったのです。その後、店をこっちに移して、だいぶ繁盛しているようです」

「商売上手なのか」

「はい。こっちに店を出してから、それまでのような庶民ではなく、富裕な客層を相手にするようにしたそうです。それが当たったようです」

家主は答える。

「富裕な者たちだけを相手にしているのか」

「はい。扱っている品物は高価なものばかり。一般の者は手が出せません」

「客には武家も？」

「はい。ただ、お屋敷に品物を運んで見てもらうので、お店にお武家さまがいらっしゃることはないようです」

「高価な品物を相手の屋敷まで運んで行くと」

「はい、そこで選んでいただくようです」

「道中、危険ではないのか」

「屈強な奉公人が何人か付き添って出かけて行きます」

「すると、奉公人には用心棒の浪人とか腕に覚えのある者がいるということか」

「品物をお屋敷に持ち込むときは、そのようなひとたちが警護をしているようです」

「なるほどな」

剣一郎はふと思いついて、

「将軍家御用達の看板がかかっていたが」

「はい。藤四郎さんはかなりの遣り手でございます」

その他、家族のことなどを聞いて、剣一郎は自身番を出た。

それから、剣一郎は紀伊国橋を渡って新両替町にある呉服屋の『山城屋』に行った。

店に入り、出て来た番頭に主人に会いたいと告げ、

「心配ない。木挽町一丁目にある『近江屋』のことで教えてもらいたいことがあるのだ」

「さようでございますか。少々お待ちください」

番頭は安心したように言い、奥に引っ込んだ。

すぐに主人の翫右衛門とともに戻って来た。

「これは青柳さま」

揉(も)み手をするように相好を崩しているのは『近江屋』のことで言いたいことがたくさんあるのだと思った。

「どうぞ。こちらに」

甃右衛門の案内で、奥の座敷に行った。

「『近江屋』さんのことだそうで」

差し向かいになると、甃右衛門は待ちかねたように切り出した。

「そうだ。まず、『近江屋』の評判について聞きたい」

剣一郎は口を開く。

「はい。主人の藤四郎はなかなかの遣り手ではございますが、わずか三年であのような大店にしたことは、同業者の間でも驚きを以(もっ)て噂をされています」

「なぜ、そんなに大きく出来たのだ?」

「有力な後ろ楯(だて)がいるんですよ」

「誰だ?」

「はい……」

「どうした?」

言い淀んだ甃右衛門を促す。

「これはあくまでも噂ですので……」

翫右衛門はそう前置きして、

「藤四郎はご老中の磯部相模守さまにかなり食い込んでいるという噂です」

「磯部相模守さまか」

前田公に頼んだのは磯部相模守か。早急な判断は禁物だが、心に留めておくべきだと思った。

「ご老中の威光を笠に着て、各大名家やお旗本、江戸の有力な商家に食い込んでいるようです」

「『近江屋』はかなり高価な品を扱っているようだが?」

「はい。西陣の上物を仕入れているようです」

「西陣の織物を扱っているのか」

「はい。月に二、三着売れればそれだけで十分に食べていけるだけの実入りになるんじゃないでしょうか」

「正直なところどうなのだ、『近江屋』が出来たことで商売に影響が生まれたのか」

「それが、私どもだけでなく、他の呉服商もそれほど大きな影響はありませんでした。『近江屋』さんは富裕な方々が相手なのですので、客層が重なりません」

「ほう。そうか」

「はい。それにそういったお客さんも、婚礼などの特別な装い以外の普段着は私どものところでお買い求めいただいております。『近江屋』さんはそのような衣服は取り扱っていませんので」

「なるほど、そういうものか」

『近江屋』の藤四郎は既存の呉服商と対立しないようにうまくやっているのかもしれない。この山城屋からはもっと激しい悪口が出るかと思ったが、ここまで出てきたのは単なるやっかみに過ぎない。

「主人の藤四郎はどんな人物だ？」

「歳は三十半ばぐらいですが、大柄で押し出しの立派な男でございます」

「『近江屋』の奉公人に、三十前後のがっしりした体つきで、眉毛が濃く、細面の顎が尖っているような男がいるかわからぬか」

「さあ。そこまでは」

山城屋は好奇心の漲った目で、

「青柳さま。『近江屋』さんに何か」

と、窺うようにきいた。

「いや。なんでもない。気にしないでいい。すまなかった」

剣一郎は立ち上がった。


『山城屋』を辞去して、再び木挽町一丁目に戻り、『近江屋』の前にやって来た。

店先に立って、暖簾をかき分けた。土間に足を踏み入れると、帳場格子の中にいた番頭らしい男が腰を上げた。

「いらっしゃいまし」

番頭の目が鈍く光ったのは青痣与力だと気づいたからだろうか。

「この店では上等な品物を扱っていると聞いてきたが」

剣一郎はきく。

「はい。さようでございます」

「わしの知り合いの婚礼衣装を探しているところなのだが、だいたいいくらぐらいか」

「はい。百両ほどでございます」

「なに、百両？」

剣一郎は大仰にきき返した。

「はい。安くても五十両は下りません」

「西陣が多いのか」

「近頃は加賀絹だけでなく、丹後、丹波からの縮緬が京を通さずに直接江戸に来ております」

「加賀友禅も扱っているのか」

番頭の表情が一瞬険しくなった。

「はい、数は少ないですが」

剣一郎は店座敷の奥にある長暖簾の向こうから、誰かが様子を窺っているのに気づいていた。

主人の藤四郎ではないかと見た。

「高級な品物を扱っていると、盗っ人に狙われやすいのでは？　忍び込まれたことはないか」

「戸締まりは厳重にしておりますので」

「そうか。そんな値だと、わしでは手が出せそうもない。邪魔したな」

剣一郎は『近江屋』の土間を出た。こめかみに射るような視線を感じていた。

京之進たちに『近江屋』のことを深く調べてもらおうと思った。

五

文七郎は文机に向かっていても落ち着かなかった。御納戸組頭にはしばらくおとなしくしていろと言われていたが、他の献上品も調べてみたいという思いが募（つの）った。

確かめたいのは京友禅だ。加賀友禅のときと同じように箱の中身がすり替えられていることも十分に考えられる。

ただ、組頭に見つかるのは困る。隣の文机に向かっていた朋輩の松倉太一郎に顔を向けた。松倉はときおり書類から顔を上げ、首をまわしたりしている。

「松倉」

文七郎は小声で呼びかけた。

「なんだ?」

松倉が顔を向けた。

「ちょっと付き合ってくれないか」

「なんだ。昨夜の首尾を知りたいのではないだろうな」

「やはり、『うら川』に行ったのか」

「ああ」

松倉は『うら川』の女中のおのぶに会いに行ったのだ。

「富士見御宝蔵まで付き合ってもらいたいのだ」

「何か」

松倉が不思議そうにきく。

「たいしたことではないんだが、ちょっと確かめたいものがあってな」

文七郎はさりげなく言う。

「わかった。ちょうど眠くて仕方なかった」

松倉は立ち上がった。

ふたりはいったん庭に出て富士見御宝蔵に向かった。

「外は気持ちいいな」

松倉は呑気に言う。

富士見御宝蔵の入口で番士に、この前と同じように献上品の確認をしたいという申し入れをし、入室帳に記名をして中に入った。

「松倉」

文七郎は立ち止まり、

「すまないが、俺はひとりで調べものをしてくる。ここで御納戸組頭の大木戸さまがやって来ないか見張っていてくれないか」

「大木戸さまを見張る？　何をするんだ？」

「いや、心配するようなことはしない。わけはあとで話す」

文七郎は松倉に言い含め、奥に向かった。

京友禅あるいは西陣と書かれている札を探してまわった。すぐ見つかった。周囲を見まわし、誰もいないことを確かめて、文七郎は中を調べた。

反物を取り出したが、紛れもない本物だった。それを仕舞って元の棚に戻した。次々と見て行ったが、他に西陣の文字は見当たらず、ようやくもう一箱見つけて中を検める。やはり、本物だった。

ふと、ひとの気配がして顔を向けた。だが、誰もいなかった。文七郎は作業を続けた。四半刻（三十分）近くかけて、全部で五つの桐の箱を調べたが、すべて本物だった。

文七郎は出入り口に戻った。松倉が退屈そうに立っていた。

「すまなかった」

文七郎が声をかけると、松倉ははっとしたように、

「済んだか」

と、呟いた。

外に出てから、

「いったい、何を調べていたのだ？」

と、松倉がきく。

「うむ」

文七郎は気のない返事をした。

「おい、どうしたんだ？」

「すまない、考え事をしていた」

「いったい、何があったんだ？　教えてくれ」

「わかった。だが、ここでは話せない。そうだ、『うら川』に行こう」

今後のことを考えたら松倉の手を借りたほうがいい。そう考えた。

「『うら川』……」

「そうか。ふつか続けては気まずいか」

文七郎は松倉が困惑したような顔をしたので、察して言った。松倉は昨夜もひとりで『うら川』に行っているのだ。

「では、別の場所にしよう。どこかゆっくり話が出来るところと言うと……」

「神楽坂にあるそば屋にしよう。あの二階の部屋を使わせてもらう」

松倉が思いついて言う。

ふたりは部屋に戻った。

文七郎は文机に向かいながら何かしっくりしなかった。すべてを調べたわけではないが、調べた限りでは中身がすり替えられていることはなかった。

それでも腑(ふ)に落ちないのだ。何に引っ掛かっているのか、さっきから考えていたがまだわからない。

静かに深呼吸をして気持ちを落ち着かせようとしたとき、文七郎はあっと思わず叫んだ。松倉が顔を向けた。

「なんでもない」

文七郎は言い、今思いついたことを考えた。

西陣織や京友禅の献上品の数だ。もっと多いと思ったが……。そんなものだろうか。

献上品の収蔵の台帳を見てみたい。そう思ったが、また富士見御宝蔵まで出向くと、番士に怪しまれそうだ。

だが、どうしても確かめたいという思いは抑えきれず、文七郎は立ち上がった。

「どこに？」

松倉が気にした。

「厠だ」

わけを話していないのに、また松倉を使うことがためらわれた。

文七郎は再び富士見御宝蔵に出向いた。

そして、番所の番士に台帳を見せてくれるように頼んだ。

「なぜでござるか」

「探しているものが見当たらないのです。ほんとうに収蔵されているのか確かめたいのです。もしかしたら、私の勘違いかもしれませんが」

なんとか頼み込んで、台帳を出してもらった。

番所に入って、台帳を調べる。最初から目を這わせていったが、やはり収蔵されているもの以外の記載はなかった。

ただ、気になったのは所々に文字の間隔が大きくなっているところがあることだ。その頁のすべての文字が他の頁よりも大きく、次の品物の記載との間が空いている。

さらに奇妙なのは、紙を束ねる糸にゆるみがみられた。紙の質感にも違和感を抱いたが、確実なことはわからない。まさか、台帳が改竄されているのではないか。

だが、これだけでは改竄の証にならない。書き損じたので一枚を破り捨てたという言い訳が出来そうだ。

先ほどから番士の視線が気になるので、文七郎は台帳を閉じた。

退出の刻限になり、文七郎は松倉とともに城を出て、神楽坂にあるそば屋に行った。ここの主人と松倉は親しいようだった。

「おやじ、二階を借りる」

「どうぞ」

松倉のあとに続いて、文七郎も梯子段を上がった。

松倉がとば口の小部屋の障子を開けた。文七郎が先に入る。

向かい合って座ったとき、女中がやってきた。

「すまない。大事な話がある。あとで呼ぶ」

松倉は追い返した。

「はい、畏まりました」

女中が障子を閉めた。

「文七郎。聞こう」

松倉が促す。

「うむ」

文七郎は隣の部屋の襖に目をやった。

「どうした？」

「いや」

隣の部屋にひとの気配は感じなかった。

文七郎は改めて松倉を見た。

「じつは、富士見御宝蔵に収蔵されていた加賀前田家からの献上品が、偽物とすり替えられていたのだ」

「すり替え？」

松倉は不思議そうな顔をした。

「桐の箱に加賀友禅の反物の明細が添付されているものの、中身は安物の木綿の反物だったのだ」

「まさか」

「この目で確かめた。間違いない。そのとき、御納戸組頭さまが現われた。委細を話すと、組頭さまはひそかに調べるから騒ぎ立てるなと仰った。だが、俺は気になって、他の献上品も調べた。京の織物だ。だが、収蔵されている献上品は明細と中身は同じだった」

「すると、加賀友禅だけが」

「いや」

文七郎は松倉を制した。

「京の織物の数が少ないのだ」

「少ない？」

「五、六点しか収められていなかったのだ。そこで、台帳を見た」

「どうなんだ？」

松倉が身を乗り出した。

「どうやら台帳が改竄されているようだ」

「なんだと」

「本来ならもっと西陣織や京友禅などの反物が収蔵されていなければならない。だが、収蔵される前に何者かが……」

「信じられぬ」

松倉は唖然（あぜん）として、

「そもそも、どうして加賀友禅がすり替えられていることに気づいたのだ？」

「古着屋に献上品の加賀友禅の反物を売りに来た男がいたらしい。不審を持った古着屋が自身番に訴えた……」

その後の経緯を語って聞かせた。

「加賀前田家の献上品だとわかった。それで、俺が頼まれて調べてみたのだ」

「そうか。そなたは南町のあの青痣与力の義弟になるのであったな」

松倉は頷きながら言う。

「加賀友禅の反物を持っていた男は盗っ人だったらしい。どこかから盗んだのだ。義兄はその男の忍び込んだ先を探して……」

文七郎ははっとした。

「どうした？」

文七郎はいきなり立ち上がり、隣の部屋との間の襖を開けた。部屋の中には誰もいなかった。だが、廊下に面した障子に微かな隙間があった。あわてていて閉め切れなかったように思えた。

しゃがんで畳に手のひらを当てた。微かなぬくもりがあった。やはり、誰かがここにいたようだ。店の者か、それとも……。

「どうした？」

松倉が声をかけた。

「誰かが盗み聞きをしていた」

文七郎は元の場所に戻って言う。

「まさか」

松倉は顔をしかめたが、

「たぶん、店の者だ。たまたま入って来ただけだ。気にするな」

「そうだな」

文七郎はそう言ったが、ゆうべ剣一郎の屋敷から引き上げるとき、何者かに尾けられたのだ。途中でその気配は消えたが、何者かが文七郎を見張っている、そんな気がしてならない。

「それよりさっきの話だ」

松倉が真顔になって、

「御宝蔵の台帳を手直しして献上品を盗んだ奴がいるということか」

と、確かめるようにきいた。

「そうだ。そうとしか考えられない」

「しかし、加賀友禅はどうして偽物とすり替えたのだ？」

「わからんが、台帳はそのままで中身を入れ換えるやり方と台帳を改竄するやり方のふた通りで献上品を横取りしていたのではないか」

「……これは由々しきことだ」

松倉は困惑したように口のまわりを手のひらで何度かこすった。

「ひとりで出来ることではない。何人かが関わっているはずだ。迂闊には動けぬぞ」

「御納戸役の何人かは台帳を改竄することが出来る。また、御宝蔵の番士も同じだ。しかし、最後は組頭さまが確かめるはずだ。組頭さまの中でも、もっとも権限のあるのは大木戸さま」

「大木戸さまを疑っているのか」

松倉は思わず叫んだ。

「証があるわけではない。だが、大木戸さまなら不正があれば見抜くことが出来たはずだ。なぜ、台帳の改竄を見過ごしたのか」

「大木戸さまが張本人ならどう追及すればいいのだ。よほどの逃れられぬ証を突き付けぬ限り、罪を暴くことは難しい」

松倉は呻くように言う。

「他の組頭さまに訴えることも考えたが、同じ穴の狢かもしれぬ。こうなると、誰が敵で誰が味方かわからない状況だ。それに大木戸さまからへたに動くなと言われているのだ」

文七郎は胸をかきむしりたくなった。あとは、剣一郎と協力して探索していくしかない。

「文七郎」

松倉が眉根を寄せて、

「あまり無理するな。目立った動きをして、警戒されたらことだ。いいな」

と、諭すように言う。

「わかった」

「ともかく、酒を呑んで落ち着こう」

松倉は手を叩いて女中を呼んだ。


翌日、文七郎が文机に向かって帳簿をつけていると、松倉が駆け込んできた。

「文七郎、たいへんだ」

松倉が興奮していた。

「どうした？」

「富士見御宝蔵に行ってみたら騒がしい。何があったと思う？」

「なんだ？」

「御宝蔵から『鯉草文様手付盆(こいくさもんようてつけぼん)』という献上品がなくなっていたそうだ」

「なくなった？」

文七郎は腰を浮かした。

「今、大木戸さまがやって来て調べていた」

「大木戸さまがお調べに？」

文七郎は大木戸主水を少しでも疑ったことに忸怩(じくじ)たる思いを持った。

「これで大きく進展がありそうだ」

松倉はにんまりしながら文机の前に座った。

文七郎はすぐに大木戸主水のところに飛んで行きたかったが、呼ばれぬうちに行くのは控えようと思った。

それから半刻（一時間）後、文七郎のところに御納戸同心がやって来て、

「高木さまがお呼びにございます」

と、妙に重々しい声で告げた。

高木とは、西の丸御納戸頭の高木哲之進のことだった。七百石の旗本である。文七郎の上役だ。文七郎は勇んで立ち上がった。

本丸御殿に行き、旗本・御家人の出入り口である中之口から入って、御腰物奉行の部屋の隣にある御納戸頭の詰所に赴いた。

高木哲之進の隣には大木戸主水がいた。

「湯浅文七郎」

高木哲之進が強い口調で呼んだ。文七郎ははっとした。事情を聞く姿勢ではなかった。

「昨日の昼過ぎ、富士見御宝蔵に入ったな」

「はい」

戸惑いながら答える。

「何のために入ったのだ？」

「それは……」

文七郎は大木戸の顔を見た。

大木戸は冷たい目で見返した。

「湯浅文七郎、答えよ」

高木が鋭い声を発した。

「はっ。じつは加賀前田家からの献上品が偽物とすり替えられていたことから、他の西陣織などの高価な反物も同じようにすり替えられてないか確かめようと思ったのです」

「誰かの命令でか」

「いえ、私の一存でございます」

「湯浅文七郎、正直に申せ」

「えっ？」

「富士見御宝蔵に入ったほんとうの狙いを言うのだ」

「ですから、西陣織と京友禅の明細のある……」

「まだ、しらを切る気か」

　高木は語気を荒らげ、

「そなたは、富士見御宝蔵から献上品の『鯉草文様手付盆』を密かに持ち出したであろう。正直に申すのだ」

「とんでもない。私はそのようなことはしておりません」

「湯浅文七郎」

　大木戸が口を開いた。

「盗まれた『鯉草文様手付盆』は昨日の昼過ぎまで確かに御宝蔵にあった。ところが、今朝、番士が確かめたところなくなっていたのだ。昨日の昼過ぎに御宝蔵に入ったのは三人」

「大木戸さま。私は先日、加賀前田家献上の加賀友禅の反物が町中で見つかったことから御宝蔵から持ち出されたものかどうかを確かめたのです。そのとき、大木戸さまがいらっしゃって」

「黙れ」

　大木戸が叫んだ。

「わしを騙しおって。そのときも何かを物色していたのであろう。わしに見つかったので、急遽そのような言い訳を思いついたのであろう」

「何を仰いますか」

「見苦しいぞ」

高木が一喝し、

「そなたの仕業であることは疑いようもないのだ」

「高木さま、どうか、お聞きください」

文七郎は訴える。

「湯浅、もうよい」

高木が哀れむように、脇に置いてあった布に包んだものを手にとった。

「これを見よ」

高木は結び目を解いた。

「それは……」

黒塗りの盆に金色の鯉が草を分け入って泳いでいる文様だ。

「『鯉草文様手付盆』だ」

高木が言う。

「どこにあったと思うか?」

大木戸がきく。

「どこに……」

不安そうに、文七郎はきく。

「そなたの屋敷だ」

大木戸が勝ち誇ったように言う。

「そなたの部屋の天井裏に隠してあった」

「なんですって」

文七郎は耳を疑った。

「先ほど、そなたの屋敷を検めさせた。すると、これが見つかったのだ」

大木戸が含み笑いをした。

「そんなはず、ありません」

文七郎は訴えた。

「この期に及んでもまだ……」

高木が呆れたように、

「動かぬ証拠を突き付けられても、まだとぼけるのか」

文七郎は罠にはめられたことを察した。

「大木戸さま。やはり、あなたさまでしたか」

文七郎は大木戸主水に顔を向けた。

「何を吐かすか」

大木戸は口元を歪め、

「素直に認めれば、内々の処罰で済ますことは出来ずとも、お家断絶だけは免れるかもしれぬ」

「私ではありません」

「くどい」

高木は立ち上がり、

「湯浅文七郎、そなたに謹慎を申しつける。屋敷に帰り、おとなしくしているのだ。追って沙汰する」

罠だ、と文七郎は無念に思った。なぜ、自分がと思ったとき、脳裏を剣一郎の顔が掠めた。その瞬間、敵の意図がわかった気がした。

第三章　証拠隠滅（いんめつ）

一

その日、奉行所から八丁堀の屋敷に帰った剣一郎を待っていたのは、文七郎に献上品窃取（せっしゅ）の疑いがかかったという伝言であった。

「湯浅家の奉公人の話では、まだ処分を受けたわけではないそうですが、しばらく屋敷にて謹慎（きんしん）することになったと。余罪なども調べているらしく、それ次第では厳しい沙汰（さた）が下るかもしれません」

多恵が青ざめた顔で訴えた。唇（くちびる）が微（かす）かに震えていた。珍しく落ち着きをなくして、ほつれ毛が口元にかかっているのにも気づかない。

「では、今は小石川の屋敷にいるのだな」

「そのようです」

「よし、行ってみる。心配ない。何かの間違いだ」

思わぬ事態に一瞬狼狽したが、剣一郎はすぐ気持ちを立て直した。

剣一郎は着流しに着替えて、あわただしく屋敷を飛び出した。

密かに献上品のことを調べていたことで誤解されたのかもしれない。調べるように頼んだのは自分なのだと、剣一郎は責任を感じた。

本郷通りを急ぎ、ようやく小石川の湯浅家に着いた。

門から玄関に行くと、案内も請わず剣一郎は黙って式台に上がった。奉公人があわてて出て来た。

「文七郎はどこだ?」

「殿は謹慎中にございます」

「構わない。急ぎ会わねばならぬ」

「お部屋にご案内いたします」

廊下を急ぎ、文七郎の部屋の前に立ち、

「文七郎、入るぞ」

と声をかけ、襖を開けた。

部屋の真ん中にいた文七郎は剣一郎の顔を見るなり、

「申し訳ありません」

と、いきなり頭を下げた。

「何があったのだ？」

剣一郎は腰を下ろして、文七郎の顔を見つめる。

強張った表情で、文七郎は訴えるように切り出した。

「きのうの昼過ぎ、西陣織や京友禅の品がすり替えられていないか富士見御宝蔵を調べました。すり替えはなかったのですが、やけに西陣織や京友禅が少ないのです。それで、帳簿を調べたところ改竄の形跡が見つかりました」

「改竄……」

「はい。そうしたらきょう、西の丸御納戸頭で上役の高木さまから急に呼び出されました。すると、御宝蔵から『鯉草文様手付盆』がなくなっていると。きのう昼前まではあったと言い、私が盗んだことにされました」

「それだけのことで？」

「いえ、それだけではありません。この私の部屋を調べたそうです。すると、天井裏から『鯉草文様手付盆』が見つかった、と」

「なんと」

剣一郎は唖然とした。

「明らかな罠ではないか」

「はい……」

「ここにやって来た者が持ち込んで、あたかも部屋から見つかったように振る舞ったのだろう。そなたを罪に陥れるために、そこまでして証拠をでっち上げるとは」

「無念です」

文七郎は呻くように言った。

「で、取り調べたのは高木さまの他に誰かいたか」

「御納戸組頭の大木戸さまがいっしょにいました」

「大木戸主水どのか」

加賀前田家の献上品の受取りにも大木戸主水の署名があった。

「思い当たることはあるか」

「はい。ただ気になるのはやはり大木戸さまです。加賀友禅の反物を調べているときにもふいに現われました」

「そなたに口止めをしたのだったな」

「はい。そして今日、御宝蔵を調べているということで、様子を見ていたところ、呼び出されて、このような仕置きに……」

「はめられたのか」

剣一郎は首をひねってから、

「その『鯉草文様手付盆』が盗まれたとされるきのうだが、そなたが御宝蔵に入ったのを知っていたのは誰だ？」

「御宝蔵御門の番所の番士は当然知っていますが、それ以外はいないはずです」

「よく考えるのだ。誰かに気づかれたのではないか。そなたが御宝蔵に向かったのを知り得る人物はいないか」

「いえ」

文七郎ははっきり否定し、

「知っているのは見張りをしてもらった朋輩の松倉太一郎だけです」

「見張りをしてもらった？」

「はい。また、大木戸さまに見とがめられないとも限らないので見張りをしてもらったのです」

「その者とは親しいのか」

「はい。新任のときから何かと世話になり、いろいろ仕事を教わりました。一番親しい間柄です」

「そうか」

剣一郎は念のために、

「その松倉は加賀友禅の反物を調べに行ったことは知らなかったのか」

と、確かめた。

「はい、私は黙って席を立ちました。松倉は文机に向かったままでしたから、私には気づいていなかったと思いますが」

「ほんとうに気づかなかったのか」

剣一郎はもう一度きいた。

「私が立ち上がったことに気づけば顔を向けるはずです」

「気づいていて、あえて気づかぬ振りをしていたとは考えられぬか」

「松倉がそのようなことをする必要はありません」

「大木戸どのと松倉太一郎との関係は？」

「まさか、松倉が大木戸さまと繋がっていると？」

文七郎が顔色を変えた。

「前田公は加賀友禅の献上品を紛失した件について、ご老中から隠蔽を頼まれたのだ。お城から盗まれたとなるとことは大事になる。だから、献上前に奪われたことにしてもらいたいと。つまり、その時点で御納戸頭や組頭どのは加賀友禅の紛失を知っていたはずだ」

「あのときの大木戸さまははじめて知ったようでした」

「それはあり得ぬ。少なくとも、前田公からご老中に市中で献上品が見つかったという話が行ったあと、ご老中から御納戸頭にもそのことが伝わったのは間違いない。そして、組頭は調べるように命じられたはず。したがって、大木戸どのは当然知らねばならぬ」

「では、大木戸さまが献上品の紛失に大きく関わっていると？」

「そうだ。もちろん単独で出来ることではない。おそらく、献上品を横取りしている一味がいるのだ」

　剣一郎はさらに思いついた考えを述べた。

「一味は市中で見つかった献上品の調べを南町がしていることは報告を受けていただろう。だから、わしが動いていたことを知っていた。さらに、御納戸衆にいるそなたとの関係は知られている。わしに頼まれて、そなたが動くであろうことは当然予想出来たことだ」

「松倉は大木戸さまから命じられて私を見張っていた、と」

「そうだ。大木戸どのは松倉からそなたが御宝蔵に行ったことを聞き、様子を見に行ったとは考えられぬか」

「…………」

「いずれにしろ、そなたは最初から目をつけられていたのかもしれぬ。わしの失策だ。わしとそなたの関係は知られていたのだから、そなたを巻き込むのではなかった」

　剣一郎は自分を責めた。

「いいえ、私がもっと注意をしていればこんなことにはならなかったのです。でも、松倉が私を裏切っていたなんて信じ……あっ」

　文七郎が思い出したように、

「八丁堀のお屋敷に加賀友禅の反物がすり替えられていることをお知らせに伺（うかが）った帰り、私は尾行されていました。もしや、あれは松倉だったのでは……。あの夜はひとりでも『うら川』という料理屋に行くと言っていたのですが、実際は私のあとを尾（つ）けて来たのかもしれません」

　さらに、文七郎は目を見開き、

「昨日、松倉と神楽坂にある『松風庵』というそば屋に入りました。松倉がよく使っている店です。二階の部屋で台帳の改竄の話をしているとき、隣の部屋にひとの気配がしました。誰かが聞き耳を立てていたようです。松倉からそば屋に行くことを聞いて……」

「神楽坂にあるそば屋だな。よし、確かめてみよう」

「はい」

「ただ、気になることがある」

「と仰いますと」

「ほんとうにそなたに罪をなすりつけようとするならば、わしとそなたを接触させることは避けるはずだ。そなたから話を聞き、わしが真相を暴こうとすることがわかるはずだ。どこかの屋敷にお預けの身としてわしから遠ざけるのではないか」

「では狙いは？」

「何らかの取引を狙っているのかもしれぬ」

「取引？」

「わしがこの件から手を引くことだ」

「なんと」

文七郎が顔色を変えた。

「いけません、そんなことに屈してはなりませぬ。私ならだいじょうぶです」

「うむ」

剣一郎が手を引かねば、このまま強引に文七郎を盗っ人に仕立ててしまうかもしれない。組頭やその配下の者がつるんでいたなら、お目付をも騙せるだろう。

よほどの証がなければ、太刀打ちできない。

「ともかく、あとはわしに任せろ」

剣一郎はともかく出来る限り、調べを進めておこうと思った。

「では、また来る」

剣一郎は立ち上がった。


剣一郎は神楽坂にある『松風庵』というそば屋に行った。

昼前で、暖簾は出ていない。戸に手をかけると、すぐ開いた。

仕込みの最中のようだ。

「すまねえな、まだだ」

頑固そうな亭主が奥から顔を覗かせて言う。

「聞きたいことがある」

剣一郎は亭主に言う。

「あなたさまは……」

青痣与力と気づいたようだ。

「この店を、御納戸方の役人もよく使っているようだが？」

「へい。さいで」

亭主は警戒ぎみにきく。

「西の丸御納戸衆の松倉太一郎もよく来るようだな」

「はい」

「御納戸組頭の大木戸主水どのはどうだ？」

「ときおりいらっしゃいます」

「昨日、松倉太一郎が朋輩とやって来て二階の部屋を使ったと聞いたが？」

「はい。それが？」

「いや、たいしたことではない。で、そのとき、もうひとり御納戸方の者が来ていたと思うのだが？」

「………」

「どうした?」

「いえ、ちょっと思い出せなくて」

「なぜ、思い出せないのか。客で来ていたわけではないからか」

「いえ。そういうわけでは……」

「もし、へたに隠し立てすると、何か後ろ暗いことがあると、定町廻り(じょうまちまわ)に調べさせるが、よいか」

　剣一郎は威(おど)した。

　亭主はあわてた。

「とんでもない、隠し立てなんて」

「わしはここに確かめにきているのだ。昨日、松倉太一郎と朋輩がふたりで二階のとば口の小部屋に入った。そして、もうひとりが隣の部屋で盗み聞きをした」

「………」

「もうひとりは誰だ?」

「それは……」

「口止めされているのか」

亭主は俯いた。

「心配いらぬ。そなたから聞いたとは言わぬ」

「…………」

「では、わしが名を出す。違うなら違うと言うのだ。よいな」

「へえ」

「大木戸主水どのだな」

想像を口にする。

亭主は黙って頷いた。

「邪魔した。心配しなくてもいい。そなたは何も喋ってはおらぬ」

剣一郎は『松風庵』を出た。

文七郎の言い分を裏付けただけで、大木戸主水が文七郎を罠にはめたとは言い切れない。

剣一郎は奉行所に急いだ。

二

昼過ぎ、剣一郎は年寄同心詰所に植村京之進と並木平吾を呼んだ。年番方与力の宇野清左衛門が入って来て、剣一郎は口を開いた。

「困った事態になりました」

「何があったのだ？」

清左衛門が不安そうな顔できいた。

「我が義弟の西の丸御納戸衆湯浅文七郎が献上品を窃取した疑いをかけられ、今屋敷にて謹慎を申し付けられております」

「献上品の窃取だと？」

清左衛門が不安そうにきく。

「どういうことでございますか」

京之進も顔色を変えた。

剣一郎はこれまでの経緯を語り、文七郎の言い分も話した。

「なぜだ？」

清左衛門が叫んだ。

「罠だと思います」

「罠？」

「いずれにせよ、近々何か動きがあるはずです。それより、倉吉が加賀友禅の反物を盗んだ場所を探し出すことが第一」

剣一郎はそう言って続けた。

「礒島源太郎から手掛かりを得た。木挽町一丁目に『近江屋』という呉服屋がある。三年前に出来た店だ。その店の路地から三十前後の四角い顔の遊び人ふうの男が出てきたらしい。倉吉と善次郎がぶつかったとき、野次馬の中にいた男に似ていたということだ」

「『近江屋』ですか」

並木平吾がはっとしたように呟く。

「知っているのか」

「深川の呉服商を当たっているとき、『近江屋』の噂を聞きました。主人の藤四郎は仲町の『ひら清』で派手に遊んでいるそうです」

『ひら清』は高級な料理屋だった。

「そうか。同業者から話を聞いたが、藤四郎はご老中の磯部相模守さまと昵懇らしい」

「ご老中と？」

清左衛門が口をはさんだ。

「はい。確かめなければなりませんが、加賀友禅の反物の紛失の件で前田公に頼んだというご老中は磯部相模守さまではないかと」

「なんと。すると、御納戸方とご老中、そして『近江屋』と繋がるのか」

「はい。『近江屋』は高価な反物だけを扱っており、金持ち相手の商売をしているようです」

剣一郎は厳しい顔で、

「富士見御宝蔵から加賀友禅の反物を大木戸主水の手の者が盗み、お城に出入りをしている藤四郎に渡した。加賀友禅の反物は『近江屋』の上客に高値で売る予定だったのでありましょう。もちろん、他の献上品もくすねて『近江屋』を介して捌いているのかもしれません」

「なんという輩だ」

清左衛門が吐き捨てる。

「ところが、そんな『近江屋』に倉吉が忍び込んだのです。そして、加賀友禅の反物を盗まれた。藤四郎にとっては品物も大事でしょうが、それ以上に盗っ人が捕まって『近江屋』の名が出ることを恐れたのです。だから、古着屋で処分すると睨んで、手下を見張らせていたのでしょう」

「そこに、倉吉がのこのこと現われたというわけか」

清左衛門が眉根を寄せる。

「店先で男が広げた反物を見て、『近江屋』の手下の職人体の男は盗まれたものだとわかった。だが、その前に倉吉は逃げ出した。あくまでも狙いは倉吉を殺し、反物を取り返すことだったはず」

剣一郎は並木平吾に向かい、

「『ひら清』の座敷に、『近江屋』の藤四郎がどんな人物といっしょに上がっているのか、調べてもらいたい」

「わかりました」

「京之進は、丹治と源太郎に『近江屋』の奉公人の顔を確かめさせてくれ。『春日屋』に現われた職人体の男と本町通りにいた男がいるかどうか」

「わかりました」

「頼んだぞ」

清左衛門が京之進と並木平吾に声をかけた。

「はい」

ふたりは先に引き上げた。

「青柳どの。文七郎の件だが」

清左衛門が表情を曇らせ、

「お目付に話を通しておいたほうがよいのではないか」

「おそらく、大木戸主水のほうもまだお目付には訴えていないようです。しかし、こちらからは言えないでしょう。仮にこちらから訴えても、向こうにはご老中がついていています。こちらの訴えは退けられてしまいます」

「うむ」

清左衛門はうなった。

「こちらに出来ることは『近江屋』の主の藤四郎の周辺を探ることです。そこから攻めて行くしかありません」

剣一郎は思わず拳を握りしめていた。

奉行所から八丁堀の屋敷に帰った剣一郎は、多恵に状況を話した。

多恵はじっと聞いていたが、一瞬目を閉じただけで、

「文七郎はどんな苦難にも耐えきれます」

と、気丈に言った。しかし、その顔には弟を案ずる気持ちがありありと浮かんでいた。

「文七郎は必ず助ける」

剣一郎は自分自身にも言い聞かせるように口にした。

「はい、何としてもよろしくお願い致します」

自分の部屋へと戻る多恵の足取りは、いつもよりか弱げに見えた。

そのとき、庭先に太助が駆け込んできた。

「青柳さま。文七郎さまがたいへんなことになったと耳にしました」

「どこで聞いたのだ?」

「神楽坂の『うら川』という料理屋です。そこのおのぶという女中が話していました」

「『うら川』だと?」

文七郎が口にしていた料理屋だろうか。

「ひょっとして、倉吉は『うら川』に通っていたのか」

「はい。そうなんです。『うら川』には文七郎さまも御納戸衆といっしょに来ていたそうです」

「で、おのぶは文七郎のことを誰からきいたのだ?」

「いつも文七郎さまといっしょにやって来る松倉太一郎さまが、ひとりで顔を出したので、文七郎さまはどうなさったのですかときいたら、松倉太一郎さまが文七郎さまは盗みの疑いがかかって今謹慎していると答えたそうです」

太助は一息ついて、

「文七郎さまはどうなるのですか」

「罠にはめられたようだ」

「罠……」

「それより、『うら川』に行き着いた経緯を話してもらおうか」

剣一郎は促した。

「わかりました」

太助はすぐに応じた。

「何カ所か岡場所の客引きなどに倉吉の特徴を言ってきいてまわったのですが、

いっこうに手掛かりが摑めなかったのです。そんなとき、商売敵の小間物屋の男が倉吉を神楽坂で夜に二度ほど見かけたことがあると」

　太助はいっきに続けた。

「それで、あの辺の料理屋や呑み屋などを片っ端からきいてまわり、『うら川』に辿り着いたんです」

「そうだったのか」

「倉吉はおのぶという女に入れ揚げていたようです。で、きょうの夕方、おのぶに会いに行ったんです。おのぶは倉吉が死んだことを知りませんでした。しばらく顔を出さないのでどうしていたのかと思っていたそうです」

「おのぶは倉吉の正体を知っていたのか」

「いえ。盗っ人だとは想像していなかったようです。ただ、金回りはいいので、不思議に思っていたと話していました」

「文七郎のことはおのぶから聞いたそうだが、どうして文七郎の話題になったのだ?」

「はい。おのぶに倉吉から加賀友禅の反物の話を聞いたことはないかと訊ねましたが、そんな話が出たことはないということでした。それで、じつは倉吉は将軍家に献上されたはずの加賀友禅を持っていたと話したんです。お城に収蔵された品物の話から、ここに松倉太一郎と湯浅文七郎という西の丸御納戸衆のお侍さんが来ていたと。それで、文七郎さまもいらっしゃっていたんですかときいたところ、文七郎さまを知っているのかと逆にきかれて。その流れで、じつは文七郎さまは盗みの疑いがかかって今謹慎しているそうだと話してくれたのです」

「倉吉は、松倉太一郎や文七郎と面識は？」

「なかったそうです」

「倉吉がどうして『近江屋』に目をつけたのか。どうも、おのぶが気になる。おのぶに、『近江屋』の名を聞いたことがないか確かめてくれぬか」

献上品を盗んでいた一味の松倉がおのぶに『近江屋』のことを話し、それが倉吉に伝わったのではないかと、剣一郎は考えた。

「倉吉が忍び込んだ先がわかったのですか」

太助が驚いたようにきいた。

「木挽町一丁目にある『近江屋』ではないかと睨んでいる」

剣一郎はそう考えるに至った経緯を話した。

「倉吉がたまたま忍び込んだ先が『近江屋』だったのでしょうか」

「いや。当初はそう思ったが、倉吉も『うら川』に通っていたのだとしたら、『近江屋』のことをおのぶから聞いたように思えてならない」

「そうですね。わかりました。おのぶに『近江屋』のことを聞いてみます」

「いずれにしろ、おのぶは倉吉とはそれほど親密ではなかったようだな」

　剣一郎は思いついてきいた。

「ええ。死んだと言ったときも、驚いてはいましたが、それほど悲しそうな様子ではありませんでした。それから、松倉さまにもそれほど好意を持っているようには思えませんでした。それより……」

「それよりなんだ？」

「いえ、なんでもありません」

　あわてて言い、

「じゃあ、これから行ってきます」

　と、太助は立ち上がった。

「これから」

「ええ、まだ宵の口です」

「明日でいい」

「倉吉が忍び込んだのは『近江屋』に間違いないのだ。ただ、倉吉がどうして『近江屋』に狙いを定めたのかを知りたいだけだ。だから、明日でよい」

「でも」

剣一郎は言ったあとで、

「それより、『近江屋』に気を配っていてもらいたい」

「わかりました」

そのとき、あわただしい様子で、

「失礼します」

と声がかかって襖が開き、剣之助が血相を変えて入って来た。

「父上、文七郎さんが献上品窃取の疑いをかけられたそうですね」

「うむ。罠にはめられたようだ」

「罠ですって」

剣之助は唖然とし、

「何のために？」

「わからぬ。おそらく南町に探索から手を引けと迫ってくるのではないかと想像している。しかし、あからさまにそれを言ったら自分たちの罪を認めたのと同じになる。だから、どういう形で攻めてくるか……」

剣一郎は想像したが、思いつかない。だが、敵からしたら、早く探索を中止させたいところだろう。長引けば、こっちがだんだん真相に近付いてしまう。その前に手を打ってくるはずだ。すると、やはり、正面からぶつかってくるかもしれない。罪を認めたことになっても、証がなければ誤魔化し通せると考えれば……。

「父上、私に出来ることはありませんか」

剣之助が訴えた。

「いや、相手がどう出てくるか。それからだ。そのとき、そなたの手を借りるかもしれない」

「わかりました」

剣之助は太助に顔を向け、

「太助さん、よろしくお願いします」

と、頭を下げた。

「剣之助さま、そんな」

太助は恐縮した。

「太助」

　剣一郎は思いついて口にした。

「最前、おのぶは倉吉とはそれほど親密ではなかったという話をしたとき、何か言い淀んでいたな」

「へえ」

「なんだ、言ってみろ。ひょっとして、文七郎のことではないか」

「へえ。あっしがそう感じたってことですが、おのぶは文七郎さまに惹かれていたんじゃないかと思うんです」

「おのぶとは誰なんですか」

　剣之助が口をはさむ。

「神楽坂にある『うら川』という料理屋の女中です。文七郎さまは朋輩の松倉太一郎さまといっしょによく行っているようです」

「松倉さんとは文七郎さんが親しくしているお方ですね」

「剣之助は松倉を知っているのか」

　剣一郎はきいた。

「文七郎さんがよくしてもらっていると言ってました」

「そうか」

　剣一郎は顔を曇らせた。

「父上、どうかいたしましたか」

「まだ確たる証があるわけではないが、松倉は文七郎を罠にはめた一味の者ではないかと思えるのだ。文七郎も疑っていた」

「そうなんですか」

　剣之助は憤然(ふんぜん)とし、

「文七郎さんは松倉さんを信頼していたんです。なんという奴だ」

と、松倉を責めた。

「ひとりふたりと敵は浮かび上がってきた。御納戸組頭の大木戸主水に西の丸御納戸衆の松倉太一郎。おそらく老中の磯部相模守もそうであろう。しかし、他にも仲間がいるかもしれない。そして、『近江屋』の主人藤四郎だ」

　剣一郎は一息つき、

「だが、我らが手を出せるのは藤四郎だけだ。今、京之進と平吾が藤四郎の周辺を調べている。藤四郎を突破口に上まで行けるはずだ。そして、何としても文七郎に着せられた濡れ衣を晴らす」

そう言い切ったものの、文七郎を人質にとられていることが剣一郎の心に重くのしかかっていた。

翌朝、奉行所に出ると、剣一郎はすぐ宇野清左衛門に呼ばれた。

だが、清左衛門は長谷川四郎兵衛からの呼び出しだと言った。

そのとき、剣一郎ははっとなった。

老中磯部相模守からお奉行に何か言ってきたに違いないと想像した。清左衛門の顔も強張っているので、同じような不安を抱いているのだろう。

いつもの部屋で長谷川四郎兵衛と面と向かうと、さらに重々しい空気に包まれた。

「老中磯部相模守さまからお奉行に申し入れがあった」

四郎兵衛は苦々（にがにが）しい顔で、

「青柳どのの義弟である西の丸御納戸衆の湯浅文七郎が富士見御宝蔵より献上品の『鯉草文様手付盆』を盗み、西の丸御納戸頭の取り調べを受けたそうだな」

反論せず、剣一郎は老中の言い分をまず聞こうとした。

「相模守さまの言葉を直接伝える。義弟の不祥事を公（おおやけ）にすれば南町与力青柳剣一郎どのの名声に傷をつける。だが、それは己の本意ではない。それに、お目付の調べが入れば、恐れ多くも将軍家の収蔵品を盗んだ罪は重く、湯浅文七郎には切腹の沙汰が下るであろう。そのことも避けたい。そこで、なんとか手をまわし、湯浅文七郎の咎をなかったことにする。その代わり、青柳剣一郎にはしばらくの間、謹慎をしてもらう」

「お待ちを」

清左衛門が口をはさんだ。

「妙な申し状でございますな」

「なに？」

「ようするに、義弟の罪を見逃すから青柳どのに謹慎せよということのようだが、なぜ義弟の罪で青柳どのが謹慎せねばならぬか」

「わしに言われても困る。相模守さまのお言葉だ」

「お奉行はなぜ、同じ疑問を持たなかったのでありましょうか。なぜ、奉行所の者を守ろうとしないのか」

「お奉行を非難するのか」

四郎兵衛が気色ばんだ。

「それだけでない。湯浅文七郎が富士見御宝蔵より『鯉草文様手付盆』を盗んだということだが、その証はあってのことか。そのことが事実として話を進めておられるが、我らに納得行く説明をしてもらわねば何とも言えませぬ」

「ならば申そう。その前に青柳どのにお訊ねする。最近、湯浅文七郎は青柳どのの屋敷を訪ねたか」

「やって来ました」

剣一郎は答えた。

「何用で？」

「加賀友禅の反物の件でございます。御宝蔵から盗まれたのではないかと思い、調べてもらいました。その結果を知らせに」

「なるほどな」

四郎兵衛は口元を歪（ゆが）めた。

「長谷川どの、なるほどとはどういう意味でござるか」

清左衛門が口を挟む。

「湯浅文七郎が朋輩に入口を見張らせ富士見御宝蔵に入ったのは、その翌日だ。そのあとに『鯉草文様手付盆』がなくなっていたそうだ」

四郎兵衛は呆れたように言った。

「青柳どのが湯浅文七郎に『鯉草文様手付盆』を盗んでくるように命じたのではないかという者もいるそうだ」

「なにをばかな」

清左衛門が顔色を変え、

「誰がそのようなことを……」

と、声を震わせた。

「西の丸御納戸頭の高木さまもそう信じているようだ。ようするに、この件をお目付に訴えれば青柳どのも取り調べられることになる。青柳どのがそのようなことをしていないことは、すぐにわかるだろう。だが、青柳どのが取り調べを受けたという事実は消せない。青柳どのだけでなく南町にとっても由々しきこと。お奉行はそこを考え、穏便に済ますことにしたのだ」

「長谷川さま」

剣一郎は静かに反論した。

「富士見御宝蔵に収蔵すべき献上品を盗み出し、市中で売りさばいている一味がおります。かなり大がかりな一味です。その一味が私の探索を止めさせようとして湯浅文七郎を罠にかけたのです」

「青柳どの。いい加減なことを申されるな」

「いい加減な話ではありません。一味の名もわかっております。今、相手の要求を呑めば、不正を働いている輩を見逃してしまうことになります」

「湯浅文七郎の件を隠蔽するために、そのようなことを言い出したのではないか」

四郎兵衛は苦々しい表情を浮かべた。

「そもそも、加賀友禅の反物を加賀前田家に素直に返していれば、こんなことにはならなかったのではないか」

と、吐き捨てた。

「今なんと」

剣一郎は聞きとがめた。

「加賀友禅の反物を加賀前田家に素直に返していればこんなことにはならなかったとはどういうことでしょうか。返していれば、湯浅文七郎が罠にはまるようなことはなかったという意味に受けとれましたが」

「ばかな。何が罠だ」

「今のお言葉は、長谷川さまが感じたことでしょうか。それとも、誰かが仰っていたことでしょうか」

「…………」

「お奉行ですか。それともご老中が？」

「そのようなことはどうでもよい」

四郎兵衛は清左衛門に向かい、

「お奉行の命令でござる。青柳どのにはしばらくの間、謹慎していただく。よいな。それにともない、植村京之進と並木平吾の探索も取りやめだ」

「それでは南町の体面はどうなりますか？　圧力に屈して、悪行を見逃せと仰るのか」

清左衛門が語気を荒らげた。

「相模守さまとお奉行が取り決められたこと。今度は約束を反故(ほご)にすることは出来ぬ」

四郎兵衛は断固として言い、

「それから、加賀友禅の反物は、こちらで預かる」

「なんと」

清左衛門が啞然とした。

「承知いたしました」

剣一郎は応じた。

「青柳どの」

清左衛門が驚いて剣一郎を見た。

「宇野さま。お奉行の命に従うことにいたします」

「どうしたと言うのだ？」

清左衛門が驚いて言う。

「宇野さま。ここは引き下がりましょう」

剣一郎はそう言い、四郎兵衛に顔を向けて、

「加賀友禅の反物はお返しします」

と、約束した。

憤然とした清左衛門を横目に見て、

「よくぞ申された。あとはこちらに任せてもらう」

と言い、四郎兵衛は部屋を出て行った。

「青柳どの。そなたらしくないではないか」

清左衛門が責めるように言う。

「宇野さま。かえって自由に動けます」

剣一郎は力強く言った。

「そうであったか」

清左衛門は不屈(ふくつ)の闘志を漲(みなぎ)らせた剣一郎の顔を見つめ、大きく何度も頷いた。

三

その夜、剣一郎の屋敷に植村京之進と並木平吾が、夜の闇の中やって来た。

「青柳さま。いったいどういうことでございますか」

京之進が剣一郎に迫るようにして、

「宇野さまからお聞きしました。探索は中止、青柳さまは自宅にて謹慎だと」

「お奉行が決めたことに従ったまで」

「それに、加賀友禅の反物もお城に返したそうではございませんか」

並木平吾が前のめりになってきく。

「宇野さまから聞いたと思うが、敵は用意周到(よういしゅうとう)に威してきた。おそらく、すでに証拠も捏造(ねつぞう)し、偽り(いつわ)の証人も用意しているはず」

「しかし、せっかく『近江屋』を突き止めたのです。そこから、犯行を暴き……」

「あわてるな。このまま引き下がるつもりはない。ひそかに調べる。そなたたちも探索を中止したと見せかけるのだ。そうすれば、敵も油断する」

　剣一郎は自分の考えを述べ、

「おそらく、わしの屋敷にも見張りが立とう。だが、その目を逃れ、わしは『近江屋』を追及するつもりだ。そなたたちも探索を中止した体を装い、密かに調べるのだ」

「わかりました」

「ところで、『近江屋』の奉公人に本町通りの男はいたか」

　三十前後の四角い顔の遊び人ふうの男だ。

「いえ。丹治に調べさせましたが、いなかったということです。それから、職人の格好をしていた男も見つかりませんでした」

　職人体の姿で『春日屋』に現われた男だ。三十前後でがっしりした体つき。眉毛が濃く、細面(ほそおもて)で顎(あご)が尖(とが)っている。

「ふたりとも見つからない？」

「はい。近所できいたところ、最近見かけないと言ってました」

「逃がしたのだ」

剣一郎は臍を嚙んだ。

あのふたりが倉吉と『近江屋』をつなげる手掛かりだっただけに姿を晦まされたのは痛かった。あのふたりこそが倉吉殺しの下手人と思われた。

「藤四郎は『近江屋』が目をつけられたことに気づいて、手を打ったのだろう」

「青柳さま。いっそ『近江屋』を捜索してはいかがでしょうか。土蔵に献上品が収められているはずです。それから、得意先台帳を押収し、客に『近江屋』から買った品物を見せてもらって調べれば、お城にあるはずのものが見つかるかもしれません」

並木平吾が気負い込んで言う。

「私も同じ意見です」

京之進が膝を進めた。

「確かにそうかもしれぬ。だが、踏み込む名目がない」

「理由はいくらでもこじつけられるではありませんか」

並木平吾が乱暴に言う。

「いや。お奉行はこの件の探索を中止することを約束したのだ。もし、踏み込んで何もなかったらどうする？」

「何もない？　そんなことがありえますか」

「そうだ。目をつけられたふたりの男をどこかに逃がしたのだ。他にも証拠隠滅(いんめつ)を図(はか)っていると見たほうがいい」

「では、土蔵の品物はすでにどこかに移した、と」

「おそらくな。得意先台帳も処分したかもしれない」

「くそ」

並木平吾が口惜しそうに唇(くちびる)を嚙んだ。

「では、もう『近江屋』は商売をしないのでしょうか」

「少なくともしばらくはしないはずだ」

「では、もう何も打つ手はないと？」

「いや、台帳から得意先はわからなくとも、『近江屋』は金持ち相手に商売をしてきたのだ。富裕(ふゆう)な商人を片っ端から訪ね、『近江屋』から反物を買ったかどうか尋ねるのだ。そして、買った品物を見せてもらう」

剣一郎は思いつきを口にした。

「ただ、献上品の話はしなくていい。なまじ言うと、警戒されて口を閉ざされてしまう。いざというとき、証になるかもしれぬ」

「わかりました」

京之進と並木平吾は同時に答えた。


翌日の早朝、謹慎を見張っている者がいるかどうかわからないが、剣一郎は屋敷の裏口から出た。

そして、いつもとは違う道を通った。霊岸島から日本橋川を渡り、大川端を通って浜町堀に出た。

尾行している者がいないのを確かめて、薬研堀から柳原通りに入って小石川に向かった。

半刻（一時間）後、剣一郎は文七郎と会っていた。

「青柳さまも、いえ義兄上も謹慎を仰せつかったと聞きました」

「誰から聞いたのだ？」

「昨夜、御納戸組頭の大木戸さまがやって来て、状況を説明していきました。義兄がおとなしく謹慎をしていれば、いずれそなたの疑いも晴れると」

　文七郎は眉根を寄せ、

「自分で罠にはめておいてと腹立たしくなりましたが、言っても無駄だと思い黙って聞いていました」

「それでいい」

「大人しくしていれば、お家の断絶は免れるかもしれません。しかし義兄上が、青痣与力が私のせいで悪に屈してしまうのには、堪えられません」

　文七郎は深く息を吐いた。

「台帳の改竄も献上品の窃取もなかったことになってしまうのですね」

「老中も絡んでの大がかりな盗みだ。不祥事をなかったことにするのは容易かろう。御納戸方の中に不正に立ち向かおうとする正義感の強い者がいれば、あるいは……」

「まさか、松倉が敵の一味だったとは想像もつきませんでした」

「そなた、その松倉と『うら川』という料理屋によく行っていたそうだな」

「はい。松倉が『うら川』の女中を気に入っていまして」

「おのぶというそうだな」

「はい。なかなか器量(きりょう)のよい女です」

「そうらしいな。じつは殺された倉吉も『うら川』に通っていた」

「倉吉が？」

文七郎は意外そうな顔をした。

「それだけではない。倉吉もおのぶが目当てだったようだ」

「ほんとうですか」

「太助が調べてきた。間違いない」

剣一郎は文七郎の少しやつれた顔を見つめ、

「松倉と倉吉は知り合いということはないか」

「御納戸役と盗っ人のつながりですか……まったく思い当たりません」

「座敷におのぶがついたとき、松倉と他の男の名が出たことはなかったか」

「いえ。ありません」

「そなたたちはおのぶの前で、御納戸衆だと名乗っていたのか」

「はい。松倉は富士見御宝蔵というところに献上品がたくさん収蔵されていると
よく自慢していました」

「そうか」

「そのことが何か」

「倉吉がたまたま忍び込んだのが『近江屋』で、そこから加賀友禅の反物を盗んだと思っていたが、倉吉も『うら川』に通っていたとなると違った見方が出来る。倉吉は『うら川』でおのぶから献上品のことを聞いたのではないかと思ったのだ。そして、『近江屋』のことも知った、と」

「……松倉はひとりでは『うら川』に行かないと言ってましたが、ほんとうはひとりでも行っていたのかもしれません。そのとき、おのぶにどんな話をしたかまではわかりかねます」

「文七郎。そなたはおのぶにどんな思いを持っていたのだ?」

「おのぶにですか」

文七郎は微かに狼狽の色を見せた。

「私は別に……」

「おのぶはそなたに気があったのではないのか」

太助から聞いた話を思い出してきく。

「そんなことはありません。あのような店の女の言葉は話半分に聞いておりますから」

「ということはそれなりの好意を感じているのだな」

「いえ、その……」

　文七郎はしどろもどろになった。

「文七郎」

　剣一郎は真顔になって、

「おのぶから何か聞いていないか」

「何かとは？」

「松倉が厠に立ったときなど、おのぶとふたりきりになることもあったろう。そんなとき、おのぶから何か気になることを聞きはしなかったか。当時は聞き流していたようなことでも、今から思えば妙だと思うことはなかったか」

「そうですね」

　文七郎は首を傾げた。

「おのぶは松倉に言い寄られて困っているとこっそりこぼしていました。私は返答に困りました。そう言えば、松倉のことで何か言っていたようですが……」

「思い出してみてくれ。明日、また来よう」

「はい」

剣一郎は義父母に心配せぬよう声をかけてから引き上げた。

編笠をかぶって武家地を行く。湯浅家を出たときから尾けられていた。浪人のようだ。正体を探ろうという尾け方ではない。

剣一郎は誘い込むように人通りの少ない道に入った。背後の侍は三人になっていた。

水戸(みと)家上屋敷の脇から神田川への道に入った。昼間でも人気(ひとけ)はなかった。すると、背後から殺気が迫ってくるのを感じた。

剣一郎は足を緩(ゆる)め、相手を十分に引き付ける。鞘(さや)走りの音とともに、いきなり剣が襲いかかった。剣一郎は振り向きながら剣を抜き、相手の剣を弾(はじ)いた。左手にいた侍が上段から斬(き)り込んできた。剣一郎は横に飛んで剣を躱(かわ)し、右手にいる侍に斬りかかった。

不意を食らったように相手はあわてて尻餅(しりもち)をついた。

その侍の眼前に切っ先を突き付け、

「動くな」

と、他のふたりの動きを制した。

「なぜ、わしを狙う？　誰かに頼まれたか」

今度は切っ先を喉に当て、

「言わぬと斬る」

「おのれ」

大柄な侍が強引に斬りかかった。

剣一郎は身を翻して避けた。そのとき、尻餅をついていた侍は転がりながら剣一郎から離れて立ち上がった。

「そなたたち、わしを誰だか知っていて襲ったのか。それとも、誰かもわからぬまま、頼まれたから襲ったか」

剣一郎は三人のうち、真ん中にいる大柄な侍に正眼の構えをとった。左右からそれぞれ侍が迫ってきたが、剣一郎は剣を正面の敵に向けたまま間合いを詰めて行く。

剣一郎は左右の侍は眼中にない。左右どちらかの攻撃をきっかけに正面の敵に飛び込むつもりだった。その気概に臆したように、正面の侍はあとずさった。

左右の侍の剣が動いた。

「待て」

正面の侍が仲間に叫んだ。左右の侍の動きが止まった。

「俺たちが立ち向かえる相手ではない。引き上げだ」

大柄な侍がさらに後ずさり、いきなり体の向きを変えた。他のふたりも剣を引いた。ふと、上屋敷の塀近くにある銀杏(いちょう)の樹の陰から遊び人ふうの男がこっちを見ていた。剣一郎がその男に向かいかけたとき、三人の浪人は逃げ出した。

剣一郎は構わず銀杏の樹に向かう。男はいきなり踵(きびす)を返して駆け出した。三十前後の四角い顔だった。

『近江屋』から姿を消した男のひとりに違いない。

文七郎の屋敷から出てきたので文七郎が狙いだったのかと思ったが、どうやらそうではないようだ。

こっちの正体を知った上での襲撃だった。

しかし、八丁堀の屋敷を出たときは尾行者はいなかった。剣一郎が文七郎に会いに来るはずだと考え、文七郎の屋敷のそばで待ち伏せていたのだろう。

剣一郎は謹慎して屋敷に閉じこもっている。だから、外を出歩いているのは南町の与力ではない。編笠の侍を斬ったという体(てい)に出来る。

敵は剣一郎がおとなしく謹慎などしていないと考えていたのか。いや、はじめから剣一郎がじっとなどしていないことを見越して、謹慎に追い込んだのかもしれない。

それから半刻（一時間）後、剣一郎は木挽町一丁目の『近江屋』の前にやって来た。

店は妙に静かだ。前に来た時も、賑（にぎ）わってはいなかったが、今日はさらに人の出入りが少なくなっている。

ちょうどそのとき、駕籠（かご）がやって来て、店先に止まった。店から手代が出てきて、駕籠かきに言葉をかける。

手代が店に引っ込んでからほどなく、三十半（なか）ばぐらいの恰幅（かっぷく）のよい男が出てきた。渋い顔立ちだ。藤四郎だと、剣一郎はとっさに思った。

藤四郎は駕籠に乗ろうとして動きを止めた。剣一郎のほうを見た。こちらの正体を見抜いたのかどうかわからないが、藤四郎は微かに口元に笑みを浮かべたように思えた。

藤四郎はそのまま駕籠に乗り込んだ。駕籠かきは掛け声を上げて駕籠を担（かつ）ぎ、三十間堀（さんじっけんぼり）沿いに南に向かった。

剣一郎はあとを尾けた。ふと近付いて来た者がいた。

「太助か」

「へい。『近江屋』を見張ってました」

駕籠は新シ橋（あたらばし）の袂（たもと）を過ぎる。剣一郎が差しかかったとき、采女ヶ原（うねめがはら）のほうから大八車がやって来た。莚（むしろ）をかけてあるが、足の先が少し覗いていた。どうやら何者かの亡骸（なきがら）のようだ。

傍（かたわ）らに侍が付き添っている。

「太助。駕籠のあとを頼む」

「わかりました」

太助はそのまま駕籠を追った。

剣一郎は大八車を目で追った。大八車は新シ橋を渡って行った。

そのあとから、京之進と丹治がやって来た。

「京之進」

剣一郎は声をかけた。

「あっ、青柳さま」

京之進が近付いてきた。

「松倉太一郎が殺されました」

「なに、松倉が？」

「はい。今朝、采女ヶ原で斬殺されているのが見つかりました。持ち物から身許がわかりました。死んだのは昨夜のようです」

「刀で斬られたのか」

「はい。周辺の聞き込みをはじめていますが、まだ手掛かりは掴めません」

松倉はその付近にどんな用があったのだろうか。近くには『近江屋』がある。そこに行った帰りか。

「松倉の屋敷はどこなのだ？」

「本郷です」

「本郷……」

『近江屋』を訪ねる前か後にしても、この場所は道が違う。松倉はなぜここまでやって来たのか。

それより、松倉はなぜ殺されねばならなかったのか。

「相手はかなりの腕のようです。袈裟懸けに一刀のもとで斬り殺されていました。松倉は不意をつかれたらしく刀を抜く間もなかったようです。ただ……」

京之進は疑問を口にした。

「松倉が倒れていた場所に複数の足跡があったのですが、争ったような形跡が見られなかったのです」

「すると、他で殺して采女ヶ原に運んだのか」

「そのように思えます」

また脳裏を『近江屋』のことが掠めた。松倉は一味の者と見てよい。仲間割れがあったのか。剣一郎はともかく、このことを文七郎に知らせようと、もう一度小石川に向かった。

四

剣一郎が引き上げたあと、文七郎は茫然としていた。

松倉太一郎が死んだことがまだ実感として受け止められない。誰にどうして殺されたのか、想像もつかない。

松倉が献上品を窃取する一味だったとは想像もしていなかった。ただ、あとから思えば、加賀前田家からの献上品を調べるために富士見御宝蔵に入ったことを御納戸組頭の大木戸主水に知らせたのは松倉だったとしか考えられない。

松倉は大木戸から文七郎を見張るように頼まれていたのであろう。文七郎が反物について探索を進める青痣与力の義弟であることは知られていた。

二度目に松倉を見張りに立たせ、御宝蔵に入ったことも、松倉から大木戸に筒抜けだった。

だが、松倉がそれだけの理由で文七郎に近づいていたとは思えない。新任のころ、仕事やら上役との接し方など親身になって教えてくれたのだ。あれは義務からではない。『うら川』に行ったとき、おのぶがいなくとも機嫌はよかった。文七郎と呑むのが心底楽しいと言っていたのも嘘には見えなかった。

松倉は大木戸から命じられて文七郎を見張っていただけだったのだろう。松倉も文七郎が窃取の疑いをかけられることになるとは、想像もしていなかったのではないか。

ふと気がつくと、陽が翳り、部屋の中は薄暗くなっていた。

いったい、松倉に何があったのか。

加賀友禅の反物を盗んだ倉吉も、おのぶ目当ての『うら川』の客だったという剣一郎の言葉を思い出した。

松倉は『近江屋』のことをおのぶに話していたのか。そして、おのぶはそのことを倉吉に伝えた。

文七郎はそのことを確かめたいと思った。

文七郎は父親の部屋に行き、

「父上、ちょっと屋敷を抜け出します」

と、囁(ささや)いた。

「抜け出す？」

「松倉が殺されました。やつに何があったのか知りたいのです」

「松倉どのが……」

父は何かききたそうだったが、文七郎はすぐに下がった。


『うら川』の軒行灯(のきあんどん)がぽつんと輝いている。文七郎は門をくぐり、土間に入ると、頭からかぶっていた手拭いをとった。

帳場から女将(おかみ)が出てきて、

「これは湯浅さまではありませんか」

と、驚いたようにきいた。

「すみません。おのぶさんを呼んでいただけませんか」

文七郎が言うと、奥からおのぶが出てきた。

「まあ」

おのぶは表情を輝かせて文七郎を見つめた。年増だが、色白で目鼻だちが整い、小さな口元が愛くるしい。

「さあ、上がってください」

おのぶは急かすように言い、

「女将さん、私に任せてください」

と、目で懇願した。

「ええ、お願いね」

女将も素直に応じた。

おのぶの案内で二階の部屋に行った。

部屋に入るなり、

「盗みの疑いがかかり謹慎していると聞いて心配していたんです。何があったのですか」

「罠にはめられたのです」

「罠……」

「それより、驚かないでください」

文七郎はそう断り、不安そうな顔をしたおのぶを見つめ、

「松倉が死にました」

「えっ？」

おのぶは首を傾げて不安そうな目を向けた。

「昨夜、松倉が殺されました」

「ほんとうですか」

「残念ながら……」

文七郎はやりきれないように言い、

「お願いです。松倉のことで教えていただきたいことがあります」

「なんでしょうか」

「松倉はあなたに我らのお役目のことを何か言っていませんでしたか」

「…………」

「何か言っていたのですね。何を言っていたのです？　教えてください。松倉が何をしていたのか」

「何をって」

おのぶは困惑している。

「そう言えば、倉吉という男をご存じでしたか」

「倉吉さん？」

おのぶははっとしたようになって、

「そう言えば、倉吉さんも殺されたのでしたね」

「そうです。あなたに会いに来ていた松倉と倉吉が共に殺されたのです」

「…………」

おのぶは胸元に手をやった。

「倉吉は盗っ人でした。あるところから加賀友禅の反物を盗んだのです。その反物はもともとお城の御宝蔵に収蔵されていたものです。倉吉は加賀友禅の反物があるのを知っていて盗みに入ったのかもしれません。その場合倉吉はどうして加賀友禅がそこにあることを知ったのでしょうか」

文七郎はおのぶに迫る。

「ふたりは知り合いだったのですか」

「いえ」

「おのぶさんがふたりを引き合わせたのですか」

「違います」

おのぶは否定する。

「ふたりは面識がなかったのですか。教えてください」

「もし知り合ったとしたら……」

おのぶは目を細めた。

「松倉さまがひとりで遅い時刻にいらっしゃったことがありました。そのとき、私は倉吉さんの部屋にいて、なかなか松倉さまのところに行けなかったのです。そしたら、倉吉さんの部屋に松倉さまが乗り込んできたんです。松倉さまはかなり酔っぱらっていました。そこで、少し言い合いになって」

「言い合いに？」

いくら酔っぱらったからといって、松倉が他人の部屋に押しかけることは考えられなかった。何かいらだつようなことがあったのだろうか。

「すぐ私は間に入って、なんとかその場は収まったんですが……」

おのぶは息を吐いて、

「しばらくして松倉さまの部屋に行ったら、もう帰ってしまっていて。それから数日後に松倉さまが文七郎さまといっしょに来ました。松倉さまはご機嫌で、その日のことは何も言いませんでした」

「確かに、ここに来るときは松倉はいつも機嫌がよかった」

文七郎は思い出して言い、

「で、倉吉のほうは？」

と、きいた。

「倉吉さんも松倉さまのことは何も言いませんでした。あんな騒ぎがあったことなど、まるでなかったかのように」

「ふたりとも同じような様子ですね」

「ええ」

「それはいつごろのことですか」

「いざこざがあったのは、ひと月ほど前でしょうか」

「ひと月前……」

文七郎はふと御宝蔵から加賀友禅の反物が盗まれたのはいつのことだろうかと考えた。

他の西陣織や京友禅の反物は受け取っても御宝蔵に収蔵されなかった。台帳は改竄されて誤魔化された。

だが、加賀友禅だけはいったんは御宝蔵に収蔵されている。そして、中身だけがすり替えられた。

この違いは何か。文七郎が考え込んでいると、

「文七郎さま」

と、おのぶが声をかけた。

文七郎ははっと我に返っておのぶに顔を向ける。

「なにか」

なかなか言い出さないおのぶを促す。

「こんなことを喋ってしまっていいのかわかりませんが、松倉さまは以前は酔うと、俺はいずれ御納戸組頭に就くことになっていると仰っていました」

「松倉がそのようなことを……」

松倉はそれを餌に不正に加担させられたのだろうか。

「でも、近頃はそんなことを口にしなくなりました。だから、組頭にいつごろおなりになるのですかときいたら、そのうちだと不機嫌そうに言っただけで話を逸らされました。何かがあって、組頭の話がだめになったんじゃないかと思ってい

たんです」

「それはいつごろの話ですか」

「ひと月ほど前でしょうか」

「あなたがなかなか来ないので、松倉が倉吉の部屋に乗り込んで行ったころですね。その前ですか後ですか」

「前だったように思います」

「そうですか」

もしかしたら、組頭の話に脈がなくなり、少し荒れていたのかもしれない。そうでなければ、いくら酔ったとはいえ松倉が他人の部屋に乗り込むような真似をするとは考えられない。

そう言えば、ひと月ほど前、松倉に元気がないように感じたことがあった。そのことをきくと、少し風邪気味だと言っていたのでそれを鵜呑(うの)みにしていたが、実際は組頭の話が御破算(ごはさん)になって沈んでいたのかもしれない。

「その他に、何か気になったことはありませんでしたか」

「特には……」

おのぶは首を傾げていたが、特に思い出したことはないようだった。

障子の向こうにひとの気配がした。

「ごめんなさい」

おのぶは立ち上がって障子を開けて廊下に出た。年配の女中の顔が見えた。

どうやら酒も頼まず部屋に閉じ籠もりきりなので様子を見にきたようだ。もう
これ以上、きくことはなかった。

おのぶが戻ってきたので、

「私は引き上げます」

と、文七郎は立ち上がった。

「えっ、お帰りですか」

おのぶがあわてたように言う。

「すみません。謹慎の身なので、お酒を呑んでいる暇はないのです。それに今夜
は松倉の通夜ですから」

「これから通夜に」

「行きたいのですが、謹慎の身なので行くことが憚られます」

御納戸頭らと顔を合わせるのは拙いのだ。

「すべて片づいたら、ゆっくり参ります」

文七郎は言い、部屋を出ようとした。

「松倉さまがいないのに来てくださるのですか」

おのぶが疑うようにきく。

「ひとりで来ます。きょうもひとりで来ました」

「ええ」

おのぶは儚く笑い、

「ほんとうに来てください」

と、寂しそうに言った。もう来ないだろうと思っているのかもしれない。

「では」

「はい」

おのぶといっしょに廊下に出て梯子段を下りた。


『うら川』を出た文七郎はそのまま本郷まで急いだ。

松倉の屋敷の前にやって来た。門を入り、玄関に向かわず、庭にまわった。

植込みから部屋を見ると、御納戸衆の仲間の中に大木戸主水の顔が見えた。逆さ屛風の前に敷かれたふとんに、松倉は寝かされているのだろう。

松倉は自分を罠にはめた男だが、こうなっては、恨む気持ちよりも仇をとってやりたいという思いのほうが勝った。

だが、松倉が誰に斬られたのか想像もつかない。ただ、気になるのは松倉に組頭になる芽があったことと、それがだめになったという件だ。

松倉は組頭になれるという餌に釣られ、献上品の窃取一味に加わったのであろう。だが、組頭の話がだめになって、一味から抜けようとした。そして、一味から抜けることは許されず、殺された……。

そう考えたが、一味から抜けようとしていたのに、なぜ文七郎を罠にはめることに手を貸したのか。松倉はそのことで悩んでいるような感じはなかった。そば屋の二階で話したときも、そうは思えなかったのだ。

（松倉。誰に殺られたのだ）

文七郎は内心で声をかけた。

ふと、誰かが立ち上がって濡縁に出てきた。文七郎は急いでその場から逃げた。

五

翌朝、剣一郎の屋敷に太助がやって来た。

髪結いが引き上げたあと、剣一郎は濡縁で庭先に立った太助から昨日の首尾を聞いた。

「駕籠は芝宇田川町の呉服商『狩野屋』の前まで行きました」

「『狩野屋』とな?」

「はい。藤四郎は『狩野屋』に入って行きました。でも、いつまで経っても出て来ません。半刻後に、おかしいと思って『狩野屋』に入って、『近江屋』の者だがうちの主人はどうしているのかときいたら、裏口からとっくに帰ったと」

「なんだと?」

「あっしは裏口まで行き、周辺を当たってみました。そしたら、神明宮のほうに向かう藤四郎らしき姿を見ていたひとがいました。でも、その先はわかりませんでした」

「『近江屋』の脇に大八車があったな」

「はい」

「何かを運んだようだ。『近江屋』の周辺で大八車がいつ使われたか調べてもらいたい」

「わかりました」

「わしはこれから小石川に行く」

剣一郎は太助といっしょに屋敷を出たが、木挽町一丁目に向かう太助とすぐ右と左に分かれた。

それから、半刻後、剣一郎は湯浅家に赴き、文七郎と差し向かいになった。

「昨夜、『うら川』に行き、おのぶに会ってきました」

文七郎がさっそく切り出した。

「出かけたのか。わしに任せろと言っていたのに」

剣一郎は目を瞠り、
と、促した。

「聞かせてもらおう」

「はい」

文七郎は話しはじめた。

「まず、松倉と倉吉の関係ですが、一度松倉はおのぶが顔を出さないのに焦れて、倉吉の座敷に乗り込んだことがあったそうです。その場はおのぶがとりなして収まったようですが、松倉は怒って引き上げてしまったと言います」

「まさか、倉吉が『うら川』を引き上げて来るのを、松倉が待ち伏せていたのではあるまいな」

剣一郎は想像した。

「でも、おのぶは数日後の松倉は機嫌が治っていたと言ってました。倉吉もふだんと変わらない様子で『うら川』にやって来たようです。ですから、ふたりの間に揉め事はなかったと見ていいと思います」

「どうも、わしは、倉吉が松倉から話を聞いて『近江屋』に忍び込んだと思えてならぬのだ」

「ですが、松倉が不用意にも加賀友禅の件を倉吉に話すとは思えません」

文七郎が疑問を口にした。

「そうかもしれぬ」

「あっ、それから松倉のことで妙なことを聞きました」

文七郎が続ける。

「松倉は酔うと、俺はいずれ御納戸組頭に就くことになっているとおのぶに言っていたそうです。ところが、ひと月ほど前に、おのぶが組頭にいつごろなるのかときいたら、そのうちだと不機嫌そうに答えて話を逸らしてしまったそうです。組頭の話がだめになったのではないかと」

「昇進の話か」

「ちょうどその時期が、松倉が倉吉の座敷に乗り込んだ頃なんです。組頭の話がだめになって、松倉はいらだっていたのかもしれません」

「しかし、その後は機嫌は治っていたのだな」

「はい。少なくとも落ち込んでいる様子はありませんでした」

文七郎の話を聞いて、剣一郎は頭の中で何かが形になりかけていた。だが、最後までいかないうちに形が崩れてしまった。

「加賀友禅の件で、ちょっと引っ掛かっていることがあるのですが」

文七郎が言い出した。

「なんだ？」

「御宝蔵から加賀友禅の反物が盗まれた時期なのです。他の西陣織や京友禅の反物は受け取っても御宝蔵に収蔵されず、台帳は改竄されていました。ですが、加賀友禅だけはいったんは御宝蔵に収蔵されているのです」

「そうか」

剣一郎は思わず声を上げた。

「そういうことだったのだ」

剣一郎はもう一度頭の中で整理をしてから、

「やはり、松倉は倉吉を待ち伏せていたのだ。松倉はすぐにでも組頭になれると思ったが、それが無理だとわかって荒れていたのだろう。だから、恋敵の倉吉に喧嘩を売るつもりで待ち伏せたのだ。だが、ふたりはどういうわけか気が合ったのだ。ふたりともおのぶを手に入れることが出来ない同士だとでも思ったか」

おのぶは文七郎に惹かれていると太助が言っていた。松倉も倉吉もそのことがわかっていたのかもしれない。

「松倉は倉吉が盗っ人だと知ったのだ。そのとき、ふと松倉はある企みが浮かんだ。倉吉に加賀友禅の反物を盗ませることだ」

「でも、御宝蔵に忍び込むことは……」

「いや、御宝蔵ではない。『近江屋』だ。松倉は加賀友禅が『近江屋』に移されたことを知っていたのだ。もしかしたら、松倉が反物をすり替えたのかもしれない」

「…………」

「『近江屋』は西陣織や京友禅を扱っていたのだろう。だが、客から加賀友禅が欲しいとの要望があった。しかし、加賀友禅は御宝蔵に収蔵済みだ。そこですり替えをして、本物を城外に持ち出し、『近江屋』に運んだ」

「松倉は組頭になれない鬱憤(うっぷん)を『近江屋』から加賀友禅を盗むことで晴らそうとした、と……」

「そうだ。もちろん、古着屋に売って手に入れた金は山分けにするつもりだったのだろう。あるいは、組頭になるためには誰かに金を積まねばならないと言われたのかもしれない。しかし、それだけの金は出来ない。それで自棄(やけ)になっていたときに、倉吉との出会いがあったというわけだ」

「では、松倉を殺したのは……」

「大木戸主水に違いない。倉吉の背後に松倉がいることに気づいたのだろう。組頭の件で不満を露(あら)わにしていたことから疑われたか、最初から加賀友禅に狙いをつけて『近江屋』に忍び込んだと睨んだことから、松倉が浮かび上がったのかもしれない」

「松倉を手にかけたのは誰でしょうか」

「亡骸が発見されたのは采女ヶ原だが、別の場所で殺されて運ばれた形跡があったそうだ。考えられるのは『近江屋』だ。松倉は『近江屋』に使いを言い渡され出かけた。だが、そこで待っていたのは、松倉への制裁だった」

そこまで言って、剣一郎はため息をついた。

「だが、あくまでも状況からそう思えるだけで、なんら証がない」

「失礼します」

襖が開き、湯浅家の若党が顔を出した。

「高岡弥之助さまがいらっしゃいました」

「なに、弥之助が？」

高岡弥之助は剣一郎の娘るいの壻(むこ)で、御徒目付(おかちめつけ)である。

「すぐ通してくれ」

文七郎が応じた。

やがて、高岡弥之助が部屋に入って来た。

「突然、申し訳ございません。お屋敷でお伺いし、急を要するので参上いたしました」

「何があったのだ？」

剣一郎は胸騒ぎを覚えた。

「はい。今朝、お目付さまから呼ばれました」

「お目付さまが」

老中の磯部相模守が何か動いたか、と想像しながら弥之助の言葉を待った。

「じつはお目付さまは富士見御宝蔵から献上品が盗まれたらしいことを耳にし、古参の御徒目付に密かに調べさせていました。すると、昨日になって若年寄さまから呼び出しがあって、説明を受けたそうです」

お目付は若年寄の支配下にある。

「若年寄さまの言葉をそのままお伝えいたします。まず、市中において献上品の加賀友禅の反物が見つかったという騒ぎはあったが、それは誤解であり、献上品はちゃんと御宝蔵に収蔵されていた」

奉行所から受け取った加賀友禅を御宝蔵に戻し、盗難はなかったことにしようとしたのだろう。剣一郎は姑息だと苦々しく思った。

「また、先に西の丸御納戸衆の湯浅文七郎が富士見御宝蔵から献上品の『鯉草文様手付盆』を盗んだとされていたが、組頭が湯浅文七郎を謹慎させて調査を進めていたところ、実際に盗んだのは松倉太一郎であり、罪を湯浅文七郎になすりつけたものとわかった。そのことを知った湯浅文七郎は謹慎を破って屋敷を抜け出し、自分を罠にはめた松倉太一郎を恨みから斬り殺したのではないかと……」

「なんと」

文七郎が憤然とした。

剣一郎も呆(あき)れ返って、

「お目付さまはその話を信用されたのか」

「いえ。御宝蔵から献上品を盗むことはひとりやふたりで出来ることではないとお答えになり、大がかりな献上品窃取の一味の存在を口にしたところ、献上品の窃取は『鯉草文様手付盆』ひとつだけであったことは御納戸頭が確かめてある。したがって、松倉太一郎ひとりでやったことだと若年寄さまは仰ったそうです」

弥之助は膝を進め、

「ただ、ことを大仰(おおぎょう)にしたくなく、湯浅文七郎が松倉太一郎を斬ったとしても故(ゆえ)あることと同情出来るので、松倉太一郎の死をもって騒動を収めたい、と若年寄さまは仰っていたとのことです」

「何という茶番だ」

剣一郎は吐き捨てた。

「私が松倉を殺したことにされるなんて……」

文七郎も憤慨(ふんがい)した。

「お目付さまのお考えは？」

「信じることの出来ない内容だが、ことを荒立てたくないという若年寄さまのお言葉は理解出来ると」

「お目付さまも屈したか」

剣一郎は悔しそうに、

「ご老中の磯部相模守さまが、若年寄を通してお目付さまの動きを封じ込めようとしたことは明白だ」

剣一郎は無念そうに呟いてから、

「お目付さまは、なぜそなたをわしのところに？」

と、弥之助にきいた。

「どういうおつもりかわかりません。ただ、私に若年寄さまの話をすべて青痣与力に伝えよ、と」

「そうか。わしに伝えよと仰ったのだな」

剣一郎はお目付の心を推し量(おしはか)った。

若年寄の言葉にお目付は従わざるを得ないだろう。しかし、納得していないのだろう。だから、弥之助を遣わしたのだ。

(このままでは、若年寄の言うような形で決着がついてしまう。さあ、青痣与力、どうする)

お目付は剣一郎に始末を預けようとしたのだ。

「弥之助、お目付さまにご配慮かたじけなく感謝いたしますとお伝えしてくれ。結果は、改めて報告させていただきますとな」

剣一郎は悲壮な覚悟で言う。

「では、このまま引き下がらないのですね」

「引き下がれぬ」

文七郎が横合いから激して言った。

「このままことが収まれば、文七郎さまの謹慎は解かれるそうです」

「さっきも申したように松倉を殺したことにされるのは許せない。それに、謹慎が解かれても、御納戸組頭の大木戸主水さまらと働くことは出来ぬ」

文七郎は言い切った。

「弥之助。そなたは、これ以上この件に首を突っ込むな。よいな」

剣一郎は弥之助に言い含め、

「わしと文七郎とで城内に棲む悪を退治する」

と、自らに言い聞かせるように力強く言った。

第四章　書置き

一

文七郎の屋敷を出て、高岡弥之助と別れた剣一郎は木挽町一丁目の『近江屋』に向かった。

若年寄を使ってことを収めようとしたということは、すでに『近江屋』のほうも証拠隠滅が図られているのだろう。

『近江屋』に踏み込み、土蔵を調べれば証拠品が見つかったかもしれないが、それは出来なかった。老中磯部相模守がお奉行に手をまわし、奉行所の動きを封じ込めてしまったのだ。

手掛かりになるかと思えたふたりの男も最近は姿を見かけなくなり、おそらくもう別なところに逃がしている。その線から『近江屋』を追及することはもう出来なかった。

唯一の手掛かりは『近江屋』の客だ。『近江屋』から高級反物（たんもの）を買った客にその品物を見せてもらえば、献上品かどうかわかるかもしれない。

今、京之進や並木平吾が手分けをして豪商の主人にきいてまわっている。しかし、藤四郎が何がしかの理由を述べて口止めしていることは想像出来る。

そう考えると悲観的にならざるを得ない。『近江屋』から探索を続け、城の中にまで手を伸ばそうという目論見（もくろみ）も外れかねない。

だから、相模守は強気なのだろう。

『近江屋』の前にやって来た。松倉太一郎はここに誘（おび）き出されて斬殺され、采女ヶ原に遺棄されたに違いないが、やはり想像だけで証（あかし）がない。

『近江屋』の店先は普段と変わらないように思える。もともと、高価な品を扱っているので出入りする客は限られている。

剣一郎は『近江屋』の前を離れ、紀伊国橋の袂（たもと）に向かった。橋に着くと、太助が音もなく近付いてきた。

そして、太助がそのまま先に立ち、芝のほうに向かった。剣一郎はついて行く。

芝宇田川町に差しかかって太助が立ち止まった。剣一郎は太助に近づく。

「藤四郎はあそこに入って行きました」

太助の指の先に呉服商『狩野屋』の看板が見えた。

「ここの裏口から出て、神明町に向かったようです。尾行に気づいていたんですね」

「念のためにきいてみよう」

剣一郎は『狩野屋』に入って行った。すぐ番頭が近付いて来て、剣一郎を見るとはっとした。

「すまぬ。主人を呼んでもらいたい」

「はい」

店座敷で客を相手にしている瘦身の四十絡みの男のそばに行き、番頭が耳打ちした。

「あの男が旦那のようですね」

太助が小声で言う。

男が近付いて来た。

「これは青柳さまで」

「狩野屋か」

剣一郎は確かめる。

「はい。何か」

「木挽町一丁目の『近江屋』のことで少し訊ねたいことがある」

「『近江屋』さんが何か」

「『近江屋』の藤四郎とは付き合いがあるのか」

「寄合でいっしょになります」

「三年で店が大きくなったことについて、どう思っていたのだ？」

「やはり、ご老中の磯部相模守さまとつながりがあるのは強いと。豪商、大名、大身の旗本の方々を相手にしています。それだけでなく、大奥御用達ですから」

「大奥にも出入りをしているのか」

「さようでございます。大奥にも品物を納めております」

「そうか。ところで、昨日、主の藤四郎がここにやって来て、すぐ裏口から出て行ったそうだな」

「はい、私はお会いしていませんが、番頭から聞きました」

「藤四郎はここに来ることはあるのか」

「いえ。はじめてでございます」

「そうか。はじめてか」

剣一郎は頷き、

「芝に藤四郎が懇意にしている者がいるかどうか知っているか」

「いえ、存じません」

「では、裏口から出てどこに行ったかわからないな」

「ええ。わかりません」

「そうか。邪魔した」

「あの、『近江屋』さんに何かの疑いをお持ちなので?」

「いや、たいしたことではない」

剣一郎は土間を出た。

それから神明町に向かった。

やはり、尾行されていることを予想し、あえて目的と違う場所に向かったのだ。そうだとしたら、その後改めて目的の場所に向かうはずだった。

神明宮の前で駕籠かきが客待ちをしていた。

「太助。藤四郎はまた駕籠に乗ったはずだ」

「そうか。裏口を出て駕籠を探したのですね」

「あの駕籠かきに確かめてみよう」

剣一郎は煙草を吸っている駕籠かきのところに行った。

「ちょっとききたい」

剣一郎は声をかける。

「へい」

煙管の灰を落として、肩が盛り上がった男は立ち上がった。

「昨日、『狩野屋』から三十半ばぐらいの恰幅のいい男を乗せなかったか。羽織姿の商人だ」

「ちょっと渋い顔立ちのお方ですね」

「そうだ。乗せたか」

「へえ、乗せました」

「ほんとうか」

あまりにも早く見つかったので、剣一郎は思わず口にした。

「どこまで乗せて行った？」

「へい、池之端仲町の入口です。木戸番屋のそばで下りました。酒手をずいぶん弾んでくれました」

「駕籠を下りて仲町に入って行ったのか」

「そうです」

「どこに行ったかわからないな」

「へえ。でも、そこからそんな遠くないところだと思います。少し経って通りを見たら、もう旦那の姿はありませんでしたから」

「よし、礼を言う」

剣一郎は声をかけ、その場を離れた。

「池之端に行く」

剣一郎は足を急がせた。

「まったく正反対のほうに向かったんですね」

太助はいまいましげに言いながらついてきた。

半刻（一時間）あまり後に、剣一郎と太助は池之端仲町の木戸口に到着した。

「呉服屋、古着屋などを確かめるのだ」

「はい」

通りの両側に鼻緒屋、小間物屋、料理屋などが並んでいる。大きな呉服屋があったが、その瞬間、呉服屋が訪問先ではないと思った。店の前に立ったが、やはり藤四郎がやって来たとは思えなかった。

ふと、さっき見かけた店が気になった。

「戻ろう」

剣一郎は引き返した。

「へい」

太助もあわてて踵を返す。

「さっき献残屋があったな」

「献残屋ですか」

「あの店が気になる」

剣一郎は木戸口の近くにある土蔵造りの店の前にやって来た。『大福屋』という看板が屋根に掲げられていた。

武士の客も出入りをしていた。剣一郎は裏手にまわった。塀の内側に土蔵の壁が見えた。この土蔵の中に、『近江屋』から移したものが保管されているのではないかと思った。だが、それを確かめる術はない。

「行こう」

剣一郎は表通りに出て、自身番に行った。

編笠を外し、玉砂利を踏んで入口に立った。

膝隠しの前に座っていた家主があわてて、

「これは青柳さま」

と、頭を下げた。

「ちょっとききたいのだが、『大福屋』という献残屋があるな」

「『大福屋』さんが何か」

「主人はどういう人物だな」

「福太郎さんと仰います。元は番頭さんでした。先代に見込まれて婿に入ったのです。七年ほど前です」

「先代に見込まれて婿に？」

藤四郎も同じような経緯を辿って『近江屋』の主人になっている。

「ええ、当時は小間物屋だったんですよ。それが、内儀さんの妹のおさわさんが旗本屋敷に奉公しているとき、殿さまに見初められて側女になってから、『大福屋』さんは商売替えを」

「義妹が旗本の側女になったあと、献残屋をはじめたのか」

「おそらく、殿さまの後ろ楯があったのでしょうね、その商売が当たったようです。今の『大福屋』があるのもおさわさんのおかげでしょう。小間物屋はあまり繁盛（はんじょう）していませんでしたからね」

　家主は少し皮肉っぽく言った。

「商売替えをしたのはいつだ？」

「三年前でしょうか」

「三年前だと？」

『近江屋』も木挽町一丁目に店を構えたのは三年前だ。『近江屋』と『大福屋』の状況が似ていることが気になった。

「その殿さまとはどなたかわからぬか」

「いえ。そこまでは」

　家主は首を横に振った。

「誰か知っていそうな者はいるか」

『大福屋』の者に直接訊ねることは控えたかった。こっちが『大福屋』に目をつけたことを知られたくなかったからだ。

「内儀さんの叔母（おば）ならご存じかと思います」

「叔母はどこに？」

「三ノ輪に住んでいると聞いたことがありますが、詳しいことはわかりません」

「そうか」

「青柳さま」

　奥にいた店番の男が身を乗り出して、

「内儀さんの妹は、御数寄屋町（おすきやまち）の師匠のところで常磐津（ときわず）を習っていました。その師匠なら、奉公先のお屋敷をご存じだと思います」

「なんという師匠だな」

「文字菊（もじぎく）さんです」

「行ってみよう」

　剣一郎はふと思いついて、

「木挽町一丁目に『近江屋』という呉服屋がある。その『近江屋』と『大福屋』が関係あるかどうかわからぬか」

「いえ、わかりかねます」

　家主は済まなそうに答えた。

「いや、いい。邪魔した」

　剣一郎は自身番を出た。

「文字菊のところですね」

「その前に、木戸番屋に」

　剣一郎は自身番と向かい合っている木戸番屋に向かった。

　店先で荒物などを売っている。

　店番をしている番太郎に声をかける。

「ちょっとききたい」

「へい」

　白髪の目立つ番太郎は、剣一郎の左頰を見てすぐ立ち上がった。

「青柳さま」

「そこの『大福屋』のことでききたい」

「へえ。なんでございましょうか」

「最近、『大福屋』に何か大きな荷物が運ばれてこなかったか」

「見ました」

「いつのことだ？」

「へえ、何日か前の夜です。お侍（さむらい）さんも付き添って、なんだか物々しい感じでしたので、印象に残ってました」

「付添いに、三十半ばぐらいの恰幅のいい男はいなかったか。羽織を着た商人だ」

「そう言えば、そのような男がいたような気もします。でも、暗かったのではっきり見えたわけではありませんが」

「いや、だいぶ参考になった」

礼を言い、剣一郎は木戸番屋を出た。

それから、御数寄屋町に向かった。文字菊の家はすぐわかった。二階長屋の端の家だった。

格子戸(こうしど)の前に立ったとき、三味線(しゃみせん)の音が聞こえた。

格子戸を開けた。座敷の奥で、三味線を抱えた女が女の弟子に稽古をつけている。文字菊だろう、白髪の目立つ女だ。少し離れたところで隠居らしい年寄が待っていた。

若い女が出てきた。

「何か」

「師匠にちょっとききたいことがあるのだが、稽古の最中では拙(まず)いな」

剣一郎は遠慮した。

「今のお弟子さんのお稽古が終わるまでお待ちいただけますか」

「そうしよう」

「青柳さまでございますね」

　年寄が声をかけてきた。

「師匠に何を？」

「昔いた弟子のことできたいことがあるのだ」

「誰ですか。あっしも知っている弟子ですかね」

　師匠ではなくとも、弟子だったら知っているかもしれないと思った。

「池之端仲町に『大福屋』という献残屋がある。そこの内儀の妹がここに通っていたと聞いてきたのだ」

「ああ、おさわさんだね」

　隠居はなつかしそうに目を細めた。

「おさわはお屋敷奉公をするというので稽古をやめたそうだが」

　剣一郎は確かめる。

「ええ。殿さまに見初められて、奉公するようになったんですよ」

「見初められて奉公に？」

そのとき、文字菊が上がり框まで近寄ってきた。

「おさわがどうかしたのですか」

稽古が終わったようだ。

「おさわが旗本の側女になったそうだが、その殿さまの名を知りたいのだ」

剣一郎は改めて用件を口にした。

「駿河台にお屋敷がある高木哲之進さまです」

「高木哲之進？」

西の丸御納戸頭だ。

「ええ、一度、高木さまのお屋敷の酒宴に招かれて三味線を弾いたことがございます。そのとき、おさわを連れて行ったんです。高木さまはおさわを気に入って、その後もたびたびおさわを呼んで三味線を弾かせていたのですが、そのうちに側女に……」

「そういう事情だったのか。で、今もおさわは駿河台の屋敷にいるのだな」

「はい。おります。青柳さま、おさわに何か」

「気にするようなことではない。邪魔したな」

「青柳さま」

年寄が呼び止めた。

「ひょっとして、『大福屋』に何か」

「なぜ、そう思うのだ?」

「旗本の側女になっただけで、どうして実家があんなに繁盛するのか不思議に思いましてね。こんなことを申してはなんなんですが、これが大身の旗本の側女ならわかる気がするのですが、高木さまは七百石の御納戸頭ですので」

「もっともだが」

剣一郎は頷いてから、

「木挽町一丁目にある『近江屋』を知っているか」

と、年寄にきいた。

「『近江屋』ですか。知りません。『近江屋』が何か」

「いや、ただ『大福屋』と『近江屋』につながりがあるかと思ってな」

「そうですか。申し訳ございません。そこまでは知りません」

「だいぶ参考になった。すまないが、わしがいろいろきいていたことは内密にしてもらいたい」

「承知しました」

「『近江屋』の旦那というのはどんなお方ですね」

　文字菊がきいた。

「三十半ばの恰幅のいい、渋い顔立ちの男だ」

「名は？」

「藤四郎だ」

「藤四郎？」

　文字菊は小首を傾げた。

「知っているのか」

「一度、池之端仲町の料理屋の帰り、そんな男が『大福屋』に入って行くのを見かけたことがあるんです」

「どうして、その男が気になったのだ？」

「高木さまのお屋敷で見かけたひとに似ていたんです。でも、格好が違うので」

「藤四郎は高木さまのお屋敷に出入りをしていたのか」

「いえ。高木さまのお屋敷にいた若党です」

「若党？」

「はい。赤城藤四郎というひとです。お侍の格好ではないので、ひと違いかもしれないと思いました」

「よく、思い出してくれた」

文字菊と隠居の年寄に礼を言い、剣一郎は家を出た。

「近江屋は高木哲之進の家来だったのですか」

太助が驚いたように言う。

「うむ。太助、すまぬが、本郷に三年前まで『近江屋』という古着屋があったかどうか調べてきてくれ。藤四郎はそこで番頭をしていたと経歴を語っていたようだ。わしは奉行所にいったん顔を出す」

「わかりました」

剣一郎は太助と別れ、奉行所に向かった。

その途中、木挽町一丁目の『近江屋』にまわった。

店の前にやって来て、剣一郎はおやっと思った。暖簾(のれん)が出ていなかった。戸に手をかけたが、鍵(かぎ)はかかっていなかった。剣一郎は戸を開けて土間に入った。

古座敷にも誰もいない。

「誰かおらぬか」

剣一郎は奥に向かって呼びかけた。

先日の番頭が出てきた。

「これは青柳さま」

「店はどうしたのだ?」

「はい。主人がしばらく休業すると急に言い出しまして。どういうことかさっぱりわからないのです。なにしろ、土蔵からは主だった品がなくなっているのです」

番頭は困惑したように言う。

「藤四郎はどこに行った?」

「わかりません。私らは途方にくれるばかりでして」

番頭は泣きそうな顔になった。

「ここに三十前後のがっしりした体つきで眉毛が濃く、細面で顎の尖った男がいたな」

「はい。勝蔵です」

「勝蔵か。もうひとり、同い年ぐらいの四角い顔の男がいたな」

「それは、益次です」

「このふたりはどこに行ったのだ?」

「わかりません。急にいなくなりました。ここ最近になって、店の様子もすっかり変わってしまいました」

「どんなふうに変わったのだ？」

「旦那も勝蔵も益次もぴりぴりして。なんだか商売どころではなくなっていました」

「勝蔵と益次は藤四郎が連れてきたのか」

「そうです」

「藤四郎の前身を知っているか」

「隠していたようですが、お侍だったのではないかと。勝蔵と益次はそのときの仲間のようです」

「どこの家中か聞いていないか」

「いえ」

「客に品物を届けるときに侍が付き添ったようだが？」

「はい。いつもではありませんが、高価な品物を運ぶときは用心しておりました。お侍さまは旦那が連れてきました」

「そうか。そなたはしばらくここにいるな」

「はい」

「また、話を聞かせてもらいたい」

「はい。承知しました」

剣一郎は礼を言い、閑散(かんさん)としている『近江屋』を出て、奉行所に急いだ。

二

人目に触れぬよう裏門から奉行所へと入った剣一郎は、年寄同心詰所に宇野清左衛門、植村京之進と並木平吾を呼び寄せた。

剣一郎はこれまでの経緯を説明した。

「西の丸御納戸頭の高木哲之進は献上品を窃取(せっしゅ)し、それを売り払うために池之端仲町に献残屋の『大福屋』を、木挽町一丁目に呉服屋の『近江屋』を作った。そして、奉公人の赤城藤四郎を『近江屋』の主人に仕立て、献上品を捌(さば)かせていたに違いない」

剣一郎は言い、平吾に向かい、

「深川仲町の『ひら清』で藤四郎といっしょにいた相手の名前はわかったか」

「はい。何人かいた中に福太郎の名がありました。他に商家の主人や武士といっしょに上がっていましたが、『ひら清』の女中はそれらの名を知りませんでした。福太郎は何度か座敷に上がっていたので、女中も名を教えてもらったと言います」

「もはや、『近江屋』の藤四郎と『大福屋』の福太郎がつながっているとみて間違いなかろう」

清左衛門が表情を険しくして言い、

「『近江屋』にあった献上品は『大福屋』の土蔵に移されているな」

と、想像した。

「おそらく」

剣一郎が応じると、京之進がすぐに意見を述べた。

「『大福屋』に踏み込んでみますか。献上品が見つかれば、すべて明らかになります」

「しかし、踏み込む理由だ」

剣一郎は迷っていた。

「この際、強引に出てもよろしいのではないかと」

京之進が訴えるように言う。

「ご禁制の品を隠しているという訴えがあったとして調べるというのは?」

平吾が意見を言う。

「強引だが、この際、仕方ない」

清左衛門が賛成した。

「しかし」

剣一郎は迷った。

「このままでは、また他に移されてしまうかもしれぬではないか」

清左衛門が語気を強め、

「奉行所は献上品の探索は止められているが、それ以外は制限されていないのだ。『近江屋』と『大福屋』が関係あるとは誰も思っていない。だから、あとで何とでも言い訳出来る」

と、煽るように言った。

めずらしく、清左衛門は強引だった。

「南町を押さえ込もうとしても無駄だということをわからせたいのだ」

「わかりました。では、京之進。やってみよう」

「はっ。で、いつ？」

「早いほうがいい」

清左衛門が促した。

「では、これから」

京之進が応じる。

「長谷川どのに知れると反対される。京之進と並木平吾だけでこっそりとやるんだ。青柳どの、よいか」

「わかりました」

こうなったら、一気に事を進めるほうがいい。剣一郎も腹を括った。献上品は『大福屋』の土蔵にあるはずだ。

「では、一刻（二時間）後の夕七つ（午後四時）に池之端仲町の自身番で落ち合おう」

剣一郎が意を決して言う。

「わかりました」

京之進が気負って応えた。

剣一郎は妙な不安に襲われたが、杞憂だと自分に言い聞かせた。

夕七つ前に、剣一郎が自身番に行くと、すでに平吾と手札を与えている岡っ引き、そしてその手下が待っていた。

しばらくして、京之進が丹治とその手下とともにやって来た。

「では、行ってきます」

京之進と並木平吾が言う。

「うむ。頼んだ」

剣一郎は声をかけたが、またも胸がざわついた。

自分にしてはいささか強引なやり方をするということで気に病んでいるのか。不安を覚えながら、京之進たちが『大福屋』に向かうのを見送った。

十分に間をとってから、剣一郎も自身番を出た。すると、向かいの木戸番屋から番太郎が飛び出してきた。

「青柳さま」

番太郎は何か訴えたいことがあるような様子だった。

「どうした？」

「はい。ちょっと言い忘れたことがありました。『大福屋』に運びこまれた荷の件です」

「うむ」

「確かに数日前の夜、『大福屋』に荷が運ばれて来ました。でも、その翌朝、荷を載せてきた大八車が湯島のほうに向かって行ったんです。その時も、やっぱり荷を積んでいました」

「翌日に？」

「へえ。そのこともお伝えしておいたほうがよろしいかと思いまして」

「よく思い出してくれた」

木戸番と別れたあと、太助が走って来るのに出会った。

「青柳さま」

そばに駆け寄ってきて、

「確かに本郷には、三年前まで『近江屋』という古着屋がありました」

と、口にした。

「なに、あったのか」

剣一郎は思わぬことに戸惑った。

「はい。ですが、主人は藤四郎ではありませんし、奉公人にもそのような名の者はいない、と。主人夫婦は三年前に店を閉め、今は蓄えでふたり細々と暮らしているようです」

「『近江屋』の藤四郎とは関係なかったのだな」

「はい。ただ、主人に聞いたところ、使っていない土蔵を他人に貸すこともあるそうです。最近も他人に貸したということでした」

「土蔵を借りているのは誰だ？」

　剣一郎はきいた。

「御納戸組頭の大木戸主水です」

「なに、大木戸主水だと」

「大木戸主水の屋敷が本郷にありました。その老主人は以前、大木戸の屋敷に出入りしていたそうです。松倉太一郎の屋敷からもそう離れていない場所でした」

　太助はさらに続けた。

「数日前に荷が大八車で運ばれてきたそうです。大木戸主水の家来の侍が付き添っていたとか」

「太助、よく調べてくれた」

　剣一郎は讃え、すぐに『大福屋』に赴いた。

『大福屋』に着くと、庭のほうから大声が聞こえた。

剣一郎は店の土間から奥に向かう通路に入った。庭に出ると、土蔵の前で三十半ばぐらいの小肥りの男が声を荒らげていた。その前には京之進と並木平吾が苦い顔で立っていた。

「どうした？」

「土蔵には探しものはありませんでした」

京之進が無念そうに言う。

「当たり前だ」

小肥りの男が大声を張り上げた。

「そなたは？」

「『大福屋』の主人の福太郎です。この旦那方は、私が土蔵に何もないと言っているのに、どうしても見せろと言ってきかなかったのです。仕方なく開けました」

「福太郎。それはすまなかったな。数日早ければ、目的の物が見つかったのだが。とっくに移したあとだったのだ。違うか」

剣一郎は福太郎を睨みつけた。

「なにを仰いますか。まるで、この土蔵に何か良からぬものがあったような仰りようではありませんか」

「福太郎。正直に言うのだ？　どこかへ移したな？」

「なんのことでしょうか」

　福太郎は冷笑を浮かべた。

「よし。ここは引き上げだ」

「お待ちください。この落とし前はどうつけてくださるので」

「落とし前か。わかった。これから本郷に行く。それから、もう一度話し合おう」

「本郷？」

「今はもう店をたたんでいるが、古着屋の『近江屋』だ。そこの土蔵を調べてからまたここに来よう」

「なぜ……」

　福太郎が顔色を変えた。

「御納戸組頭の大木戸主水どのに土蔵を貸したそうだ。西の丸御納戸頭高木哲之進どのを知っているな」

「…………」

「どうなんだ。まあ、いい」

剣一郎は茫然としている福太郎から京之進と平吾に目を移し、

「これから本郷だ」

と声をかけ、先に立った。

すぐ京之進たちが追って来る。

湯島切通しを通って本郷に向かう。剣一郎は道々、事情を話した。

太助の案内で、『近江屋』だった家に着いた。すでに辺りは暗くなっていた。

太助は先に家に入り、老主人を呼んで来た。

「土蔵を開けてもらいたい。大木戸どのには奉行所から事情を説明する」

剣一郎は小柄な老主人を説き伏せる。

「でも」

「お城から盗まれた献上品が隠されているかもしれぬのだ」

「盗まれた献上品が」

老主人は目を丸くした。

「拒むと、そなたたちも一味と疑われかねぬ。よいか」

「とんでもない」

老主人はあわてて奥に鍵をとりに行った。

戻ってきた老主人に、

「そなたに開けてもらいたい」

と、剣一郎は声をかける。

「はい」

老主人は土蔵に向かい、震える手で錠前に鍵を差した。

二重扉を開け、剣一郎たちは土蔵に入った。老主人が行灯に灯を入れた。

仄かな明かりの中に桐の箱がうず高く積まれていた。

「これは」

京之進が絶句した。

「中身を調べるのだ」

剣一郎は声をかける。

「はい」

京之進と並木平吾は桐の箱の蓋を開けて、中の反物を取り出して広げた。

「見事な京友禅です」

京之進が驚いて言うと、

「これも」

　と、並木平吾が叫んだ。

「なんと見事な」

　老主人が感嘆した。

「この土蔵を貸すよう大木戸どのから頼まれたのだな」

「はい」

「詳しい話を聞きたい」

「わかりました」

「それから、この鍵は南町で預からせてもらう。他に鍵はあるか」

「合鍵を大木戸さまのご家来に渡しました」

「合鍵が渡っているのか」

　剣一郎は眉根を寄せ、

「予備の錠はあるか」

「はい。ございます」

「それを土蔵にかけてもらいたい。大木戸どのが勝手に運び出さぬように。鍵はこのふたりにすべて渡してくれ」

「わかりました」

剣一郎は京之進と並木平吾に向かい、

「この品物を運び込んだ者たちのことを聞き出してくれ」

「はい」

「わしはこのことを文七郎を通して大木戸どのに伝える。では、あとを頼んだ」

剣一郎は太助といっしょに外に出た。


それから四半刻（三十分）後、剣一郎と太助は文七郎と部屋で会っていた。

献上品発見の経緯を、文七郎は真剣な眼差しで聞いていた。

「わしが大木戸どのを問い詰めるより、そなたからすべて明るみに出たことを話し、自分たちの始末をどうつけるか考える猶予を与えたい」

「ご配慮かたじけなく存じます。どのような悪事を働こうが、新任のときからお世話になった方も含まれているかもしれません」

「うむ。ただ、倉吉殺しの下手人と松倉太一郎を斬った者、おそらく藤四郎らだと思うが、この者たちは断じて許すことはできぬ。ここは南町として必ず裁く」

「わかりました」

　文七郎は頭を下げ、

「これから大木戸さまのところに行ってみます」

「うむ。そうしてもらおう」

　文七郎は太助に顔を向け、

「太助。よくやった」

　と、讃えた。

「へえ、とんでもない」

「青痣与力を支えてくれて私も安心だ」

　文七郎が微笑みを浮かべた。

「文七郎さまの代わりがどこまで出来るかわかりませんが、お役に立てるように一生懸命励みます」

「太助、今度、ゆっくり酒でも酌み交わそうぞ」

「はい。ぜひ」

「では、わしらは引き上げよう」

　剣一郎は太助に声をかけて立ち上がった。

　外に出てから、

「太助。高木哲之進の屋敷に藤四郎がいるかどうか調べてくれ」

と、剣一郎は命じた。

「わかりました」

大木戸主水は文七郎に任せればいい。大木戸がどう決着をつけるか。そして、高木哲之進がどう出るか、さらに言えば、老中の磯部相模守だ。

文七郎が大木戸主水に献上品が見つかったことを伝えれば、すべてが動き出す。どういう結末が待っているのか、剣一郎はまずは待つことにした。

三

文七郎は大木戸主水の屋敷の門を入り、玄関に立った。すでに五つ（午後八時）になるところだった。

「お頼み申し上げます」

主水の倅の小太郎が出てきた。

「湯浅文七郎にございます。謹慎中の身ではございますが、大木戸さまに急用があって参りました。どうぞ、お取り次ぎを願います」

「湯浅さま、何かございましたか」

小太郎が心配そうにきいた。まだ十六歳だが、大人びた顔立ちだ。

「ええ、どうしても今伝えねばならぬことが」

文七郎は曖昧（あいまい）に言う。

「少々お待ちください」

小太郎は奥に引っ込んだ。

しばらく待たされて、やっと小太郎が戻って来た。

「どうぞ」

「失礼いたします」

文七郎は式台に上がった。

腰の刀を預け、案内に立った小太郎について行く。小太郎は何かききたそうに何度か顔を向けたが、文七郎は気づかぬ振りをした。

小太郎は立ち止まり、

「こちらです」

と、腰を下ろして襖（ふすま）に手をかけた。

が、すぐに開けようとせず、もう一度、文七郎に何か問いたげな目を向けた。

「入れ」

中から声がして、小太郎は微かにため息をついて襖を開けた。

「どうぞ」

小太郎は不安そうな表情で言った。

「失礼いたします」

部屋に入ると、大木戸主水は腕組みをしたまま文七郎を迎えた。その表情には怒りだけでなく戸惑いも見られた。

「夜分に申し訳ございません」

文七郎は低頭して不躾を詫びた。

「夜分の訪問だけでない。そなたはまだ謹慎の身だ。なぜ、勝手に出歩く」

大木戸はいきなり非難の声を浴びせた。

「どうしても大木戸さまにお伝えしなければならないことが出来いたしました」

「なんだ?」

一拍の間があって、大木戸は用件を促した。

「本郷に三年前まで古着屋の『近江屋』だった家があります」

「………」

　大木戸は腕組みを解いた。

「先ほど、南町の同心が、その家の土蔵から献上品と思われる京友禅の反物を見つけたそうでございます」

「なに」

　大木戸の顔色が変わった。

「その献上品は木挽町一丁目にある『近江屋』から池之端仲町にある『大福屋』に運ばれ、さらに『大福屋』の土蔵にあった荷を載せ、本郷に移された……」

「何を申すのか。戯れ言は許さぬ」

　大木戸は青筋を立てた。

「大木戸さま。西の丸御納戸頭の高木さまと大木戸さまが主導しての献上品の窃取は、すべて明らかになるでしょう」

「ふざけるな」

　大木戸の声が震えた。

「池之端仲町にある『大福屋』の内儀の妹おさわさんは高木さまの側女だそうですね。それから、木挽町一丁目にある『近江屋』の主人藤四郎は高木さまの若党だった男だとか」

「…………」

大木戸は口をあえがせたが声にならない。

「本郷に三年前まであった『近江屋』は、大木戸さまのこのお屋敷に出入りしていたそうでございますね。老中の磯部相模守さまがどう絡んでいるかわかりませんが、実質は高木さまと大木戸さまが中心となって松倉太一郎を使って献上品を盗み、それを木挽町一丁目にある『近江屋』の主人藤四郎が豪商に売りさばいていた。その上がりの一部は相模守さまにも渡っていたのだと推察されます」

文七郎はさらに続ける。

「あるとき、藤四郎は得意先から加賀友禅の反物をねだられた。そのことを知った大木戸さまは松倉に御宝蔵に収蔵されている加賀前田家からの献上品を盗ませたのです。その反物は『近江屋』の土蔵に収まりました」

大木戸は口を一文字に結んでいる。

「松倉は組頭になれると信じて大木戸さまに手を貸していたのです。ところが、当分組頭になれそうにもないことがわかって自棄になった。それで、たまたま知り合った盗っ人の倉吉に『近江屋』から加賀友禅の反物を盗ませたのでしょう」

大木戸から反応はない。

「盗っ人の背後に松倉がいると、大木戸さまは気づいたのではありませんか。それで、始末することにした……」

文七郎は息を継いで、

「松倉は『近江屋』で殺されたのです。大木戸さまが松倉に『近江屋』への使いを命じた。そこで、藤四郎が松倉を斬ったのではありませんか？」

剣一郎の推測を話した。が、大木戸から反論はない。

文七郎は大木戸に迫るように、

「もし、私の言うことが間違っていたら、ぜひご指摘ください」

「すべてだ。全部、でたらめだ」

「大木戸さま。どこが間違っているのか教えてください」

「……………」

文七郎は両手をつき、

「大木戸さま。お願いでございます。すべて明らかになります。このままでは南町からお目付(めつけ)に話が行きます。そうなる前に、どうか潔(いさぎよ)く、ことの始末を」

「無礼な」

「どうか、高木さまにも事情をお話ししてどう始末をつけるかご相談ください」

大木戸は凄まじい形相で文七郎を睨んでいる。

「小太郎どのが心配そうな顔をなさっておりました。小太郎どのは何か気づかれていらっしゃるのではありませぬか」

小太郎の名を出すと、大木戸は目を閉じた。

「大木戸さま」

文七郎は膝を進め、

「小太郎どののためにも一切を」

「………」

「このままでは、大木戸家は……」

「ひとりにしてくれ」

大木戸は目を開いた。

「わかりました。明朝、もう一度参ります」

文七郎は頭を下げて下がった。

玄関まで見送りに出た小太郎は文七郎に刀を返し、

「湯浅さま。父に何が?」

と、抑えた声できいた。

「お父上からお聞きください」

　文七郎はいたわるように言う。

「やはり、献上品の件に父は大きく関わっているのですね」

「気がつかれていたのか」

　文七郎は胸に痛みを覚えた。

「三年前から父はひとが変わったように無口になりました。その頃、父は何かに苦しんでおりました」

　三年前は、文七郎はまだ剣一郎の手先となって働いていた。

「何があったのだと思われたのですか」

　文七郎はきいた。

「その頃、父はよく夜に御納戸頭の高木さまのお屋敷に出向いていました。高木さまから何か問題を押しつけられたのではないかと思っていました。もちろん、それが何なのかはわかりませんでした。ところが、先日、松倉さまが亡くなってから父はいっそう厳しい表情になって。もはや、私が知っている父と別人のようです」

「そうでしたか」

文七郎はある考えに思い至り、

「小太郎どの。お父上に間違いがないようにお見守りを」

と、真顔で訴えた。

小太郎ははっとして、

「わかりました。ここで失礼いたします」

と言い、大木戸の部屋に戻っていった。

文七郎は玄関を出たあと、その場に佇み屋敷の様子を窺った。しばらく立っていたが、騒ぎは起こらなかった。

文七郎はほっとして屋敷を出た。文七郎の懸念は、大木戸が腹を切らないかということだった。


翌朝、再び、文七郎は大木戸主水の屋敷を訪れた。

小太郎が玄関に出てきて、

「父は朝早く、高木さまのお屋敷にお出かけになりました」

と、厳しい表情で答えた。

「昨夜、大木戸さまはいかがでしたか」

文七郎はきいた。

「夜中も庭に立っていました」

「庭に？」

「寝つけなかったようです。ずっと考えごとをしていたのだと思います」

「そうですか。また、あとで参ります」

「湯浅さま。お話しくださいませぬか」

小太郎は訴えた。

「お父上にお訊ねは？」

「いたしました。でも、しばらく待てということでした」

「そうですか」

「お願いです。お話しください。仮に父が話してくれたとしても、すべてを正直に打ち明けてくれるとは限りません」

「わかりました。お話ししましょう」

いずれ小太郎はすべてを知らねばならないのだ。場合によっては大木戸家は改易（かいえき）となるかもしれない。

文七郎は式台に上がり、小太郎の部屋に行った。

差し向かいになって、文七郎はまず、自分に起こったことから切り出した。

「はじまりは、私の義兄南町与力の青柳剣一郎からの依頼です。盗っ人が加賀前田家からの献上品である加賀友禅の反物を、古着屋に売りに来たということでした。富士見御宝蔵に収蔵されている加賀友禅がなぜ市中に出てしまったのか。そのことを確かめるために、私は御宝蔵を調べました。すると、加賀友禅の反物は安物にすり替えられていたのです」

文七郎はそれから他の献上品も調べたところ、台帳が改竄(かいざん)されていることが疑われたと話した。

小太郎は真剣な眼差(まなざ)しで聞いていた。

その後、松倉太一郎の死の話をした。松倉が盗っ人の倉吉に『近江屋』の土蔵から加賀友禅の反物を盗ませたことを知った一味が、殺害を図ったのだろう、と。

「今、証拠となる盗んだ献上品は、本郷にある元古着屋だった家の土蔵に隠してあります。それを、南町が押さえたのです」

「三年前まで商売をしていた『近江屋』さんですか」

「そうです。大木戸さまがそこの土蔵を借り受けたことも老主人の証言からわかっています」

「………」

聞き終えて、小太郎は俯いた。

「小太郎どの」

文七郎は声をかけた。

「大木戸さまにはぜひ真実を打ち明けていただきたいのです。おそらく、高木さまとこの件で話し合いをなさっているところでしょう。高木さまを説き伏せているか、あるいはなんとか逃れようとふたりで画策しているのか」

文七郎はため息を漏らした。

四つ（午前十時）を過ぎたが、まだ大木戸主水は戻らない。きょうは非番であり、登城することはないはずだった。

まだ話し合いの結論が出ず、高木の屋敷にいるのだろうか。そのとき、ふいに不安に襲われた。

高木は大木戸主水ひとりに責任を押しつけ、事件の決着を図ろうとするのではないか。そなたが一切の罪をかぶれば大木戸家の存続は請け合うと迫れば、大木戸主水は心を動かされるかもしれない。

そう思ったとき、文七郎ははっとして、いきなり立ち上がった。

不思議そうに、小太郎が見つめる。

「高木さまの屋敷まで行ってみます」

「何か、ご懸念が？」

小太郎が顔面を蒼白にした。

「お迎えに上がりましょう」

「私もごいっしょします」

小太郎も立ち上がった。

「では、ごいっしょに」

文七郎と小太郎は屋敷を飛び出した。

四半刻（三十分）後、文七郎と小太郎は駿河台の旗本高木哲之進の屋敷にやって来た。

長屋門の門番所の前に立ち、

「御納戸衆の湯浅文七郎と申します。こちらに御納戸組頭の大木戸主水さまがお訪ねになったはずですが」

「大木戸主水さまに用か」

いかつい顔の門番がきく。

「はい」

「大木戸さまは四半刻ほど前にお帰りになった」

「帰った？　ほんとうですか」

文七郎は思わずきき返した。

大木戸家からの道中、出くわさなかった。

「もしかしたら」

小太郎が声を震わせた。

「虚空寺かもしれません」

「虚空寺？」

「谷中にある浄土真宗の寺です。大木戸家の菩提寺です」

「菩提寺？　行ってみましょう」

文七郎は小太郎と共に谷中に向かって走った。

昌平橋を渡り、下谷広小路を経て、不忍池の東を通って谷中にやって来た。

虚空寺は谷中の台地の上にあった。

山門をくぐり、本堂の脇を抜けると、墓地が広がっていて、春の陽射(ひざ)しが明るく照らしていた。

さらに奥に進むと、大きな墓が並ぶ一帯に出た。ふと、そのひとつの墓の前に横たわるひとの姿が目に飛び込んだ。

文七郎は思わず足を止めた。小太郎が何か叫んで駆け出した。文七郎もすぐにあとを追った。

「父上！」

小太郎は絶叫した。

大木戸主水は膝を折って前かがみに倒れていた。膝の下に血が滲(にじ)んでいた。右手に握っていた脇差の刃が陽光を照り返した。

「大木戸さま」

文七郎は茫然と大木戸主水の変わり果てた姿を見つめていた。傍(かたわ)らで、小太郎が嗚咽(おえつ)を堪(こら)えていた。

四

その日の夜、剣一郎の屋敷に文七郎がやって来た。京之進と並木平吾も同席し、文七郎から話を聞いた。

「墓前にあった書置きにはすべて自分がやったことだと書かれていました。『近江屋』の主人の藤四郎とは料理屋で知り合い、その男と手を組んで献上品を売りさばいたということです。それから、池之端仲町の『大福屋』は御納戸頭の高木さまの屋敷で知り合ったが、今回の事件とは関係ないと記されていました」

文七郎は無念そうに語った。

「御納戸頭の高木どのはすべての責任を大木戸どのに押しつけたようだ」

剣一郎は憤然と言う。

「でも、なぜ、大木戸どのは罪を一身に負ったのでしょうか。いくら、目上の者の頼みであっても聞き入れるとは……」

京之進が疑問を呈した。

「おそらく、密約があったはずだ」

剣一郎は想像した。

「大木戸家を改易しないという約束だ。息子の小太郎が大木戸家を継ぐことだ」

「しかし、御納戸頭にそこまでの権限は？」

平吾がきく。

「もちろん、老中の磯部相模守の力だ」

剣一郎は相模守と呼び捨てにした。

「相模守さまを罪に問うことは出来ないのですか」

京之進が身を乗り出してきく。

「難しい」

「そんなばかな」

京之進は唇を嚙んだ。

「ただ、高木哲之進はこのまま見逃すわけにはいかぬ。中心はこの男だ」

剣一郎は怒りを込めて、

「高木哲之進が大木戸どのを仲間に引きずり込み、大木戸どのを利用してきたのだろう」

「高木をどうやって追い込むのですか」

「今のままでは難しい。しかし、藤四郎と勝蔵、益次という男らがいる。この三人を捕まえる」

「どこにいるのでしょうか」

「おそらく、高木家の屋敷に匿(かくま)われているに違いない。藤四郎はもともと高木家の若党だった男だ。ふたりの男も高木家の中間(ちゅうげん)だったとも考えられる。今、太助が探っているが、そなたたちも高木家の屋敷を探ってもらいたい」

「はっ」

京之進と平吾が同時に応じた。

「高木に直接手出し出来ずとも、藤四郎を捕らえさえすれば高木を追い詰めることが出来る」

剣一郎は悪は許さないという強い思いを口にした。

庭先にひとの気配がした。

「太助か」

剣一郎は障子(しょうじ)の向こうに声をかけた。

「へい」

太助の声で返事があった。

「上がれ」

声をかけたが、太助はすぐに入って来ない。

剣一郎は立ち上がり、障子を開けた。

庭先に太助が立っていた。

「なにをしている。上がれ」

「へい。失礼します」

濡縁（ぬれえん）に上がり、太助が入ってきた。

太助は京之進と平吾に会釈（えしゃく）をして、

「青柳さま。藤四郎が高木家の屋敷におりました」

と、いきなり言った。

「やはりいたか」

「はい」

「太助。どうやって調べたのだ？」

京之進が感心したようにきいた。

「野良猫を屋敷に逃がしました。門番に猫が屋敷に逃げ込んだので庭を探したいと頼んで入れてもらいました。母屋に近付くなと言われましたが、隙（すき）を見つけて内庭に……」

　太助は半拍（はんぱく）の間を置き、

「そしたら、驚いたことに、藤四郎があっしの猫を抱いて近付いてきました」

「藤四郎が？　まさか」

　剣一郎は正体がばれていたのではないかと思った。

「それはわかりません。ただ、藤四郎が猫を返すとき、無気味な笑みを浮かべていたのが気になります」

「もし、太助が青柳さまの手の者と気づいていたら、わざわざ顔を晒（さら）すような真似（まね）はしなかったのではないか」

　平吾が口をはさんだ。

「いや」

　剣一郎は眉根を寄せた。

「あえて顔を晒したのかもしれない」

「なぜ、ですか」

「わしを誘（おび）き出すためだ。明日、高木の屋敷に行く」

「危険です」

京之進が反対した。

「藤四郎がわしに挑戦状を叩きつけたのかもしれない」

剣一郎の勘は罠かもしれないと告げていたが、誘いに乗ってみようと思った。

「我らもごいっしょします」

「いや。わしひとりでなければ屋敷に入れぬだろう。ひとりでいい。それに、いちおう奉行所はこの件に関して探索しないことになっているのだ」

「でも、今となってはそのような約束は……」

「いや。背後に相模守が控えている。付け入る余地を与えたくない」

「はい」

「それにふたりにはやってもらいたいことがある」

剣一郎は京之進と平吾をなだめ、

「ふたりは『近江屋』の番頭から話を聞き出してくれ。それから『大福屋』の福太郎からも事情を聞くのだ」

「わかりました」

京之進と平吾の言葉が重なった。

「青柳さま、あっしは？」

太助が口をはさんだ。

「太助は文七郎とともに動いてくれ。大木戸どのがすべての責任を背負って死んでいったのは相模守との密約があったからのはずだ。大木戸家は小太郎に継がせるという約定だろう。しかし、大木戸どのは口約束だけで死を選ぶはずはない。死んだあと、ほんとうに相模守が約束を実行するとは信じられないからだ。相模守は誓約書のようなものを書いている。いや、大木戸どのは書面で何かを残したはずだ」

「誓約書……」

「わしが大木戸どのの立場ならそれを書かせ、小太郎に預ける。もし大木戸家が改易になったら、その誓約書をお目付に差し出す。そういう手筈を整えて死んで行ったはずだ。太助」

剣一郎は口調を改め、

「文七郎にこのことを伝え、小太郎に何か預かったものがないか確かめるのだ。相模守がそれを取り返そうと何か企むかもしれぬ。杞憂であってくれればいいが、ともかく備える必要がある。特に、明日の通夜、明後日の葬儀だろう。文七郎に手を貸し、小太郎を守るのだ。よいな」

「わかりました」

太助は気負って応えた。

大木戸主水が命をかけて守ろうとしたことは叶えてやりたい。文七郎の気持ちもそこにあるはずだと剣一郎は思った。


翌日は朝からどんよりとして厚い雲が空を覆っていた。夕方のように薄暗い中を、剣一郎は駿河台にある高木哲之進の屋敷の前にやって来た。

長屋門の門番所に向かう。

編笠をとって、剣一郎は門番に名乗った。

「青柳剣一郎と申す。高木さまにお目にかかりたく参りました。お取り次ぎを」

「少々待て」

門番の侍は玄関に向かって駆けて行く。

ほどなく戻って来て、

「どうぞ、玄関まで」

と、門番は言った。

剣一郎は潜り戸から入り玄関に向かった。長屋のほうから視線を感じたが、無視して進む。

そこに用人らしい侍が待っていた。

「青柳どのでございますね。どうぞ」

まるで剣一郎がやって来るのがわかっていたかのように、白髪が目立つ用人が迎えた。

「高木さまはお会いくださるのですか」

「お待ちしておりました」

「そうですか。では」

土間に編笠を置き、腰の物を外し、式台に上がる。

「お預かりいたします」

若い侍に刀を預け、剣一郎は用人のあとについて廊下を行く。広い庭に面した座敷に通された。部屋の中はより薄暗い。

「お待ち下さい」

用人が会釈して下がった。

入れ代わるように女中が茶菓を運んできた。

「かたじけない」

剣一郎は礼を言う。

女中が下がったあと、誰も現われなかった。剣一郎は端然として待った。まるで、剣一郎の器量を確かめでもしているかのようだ。

剣一郎は身動ぎもせず待ち続けた。

廊下と反対側の襖が開いたのは、この座敷に通されて半刻以上経ってからだった。

現われたのは四十ぐらいの痩身の男だ。剣一郎は低頭して迎えた。

「顔を上げよ」

腰を下ろしてから、高木は口を開いた。

「はっ」

剣一郎は顔を上げた。

「そなたが青柳剣一郎か」

鋭い眼光と尖った鼻。薄い唇が微かに歪んでいた。

「はっ。さようにございます」

「湯浅文七郎とは義兄弟だそうだな」

「はい。文七郎は妻の弟にございます」

「義兄弟ならば探索の手も緩もう」

「決してそのようなことはございません」

「まあいい」

　高木は冷笑を浮かべ、

「きょうは何の日か知っているか」

「何でございましょうか」

「そなたに追い詰められて命を絶った大木戸主水の通夜だ」

「いえ、大木戸さまが自害されたのは、皆さま方の罪をかぶってのことだと思っていますが」

「そなたはたいへんな誤解をしておる」

「誤解と仰いますと？」

「誤解というより思い込みだ。今回の不祥事はあくまでも大木戸主水と松倉太一郎がつるんでのこと」

「盗んだ献上品を豪商相手に売り捌いていた『近江屋』の主人藤四郎はご当家の若党だった者だそうですが。さらに、『近江屋』から加賀友禅を盗んだ倉吉を追っていた勝蔵と益次もご当家の中間だったことはわかっております」

「その者たちは三年前にこぞって当家をやめていった。今から思えば、大木戸主水に誘われたのであろう」

「高木さまは関係ないと」

剣一郎は厚顔な高木を見つめる。

「そうだ。上役の奉公人を悪事に引きずり込むとは大木戸もたいしたものだ。それぐらいだから、将軍家の献上品を奪うことが出来るのだろう」

「なるほど」

剣一郎は大きく頷き、

「いえ。そのようなことを平然と口に出来るぐらいだから、将軍家への献上品を横領することも平気なのだと思った次第」

「それがそなたの思い込みだ」

高木は不快そうに顔を歪めた。

「高木さまの側女のおさわどのは池之端仲町にある『大福屋』の内儀の妹だそうですね」

「…………」

「『大福屋』にも将軍家の献上品が流れておりました。『近江屋』からは反物類、

『大福屋』からは盆や硯箱などの高価な品が、三年前まで『近江屋』として古着屋をやっていた本郷の家の土蔵に運び込まれておりました」

「その本郷の家の者は大木戸主水の知り合いだそうではないか。大木戸主水はわしと『大福屋』との関係を知ってか知らずか、『大福屋』をも仲間に引き入れたのだ」

「なぜ、すべて高木さまの関係者ばかりが関わっているのでしょうか」

「いざというとき、大木戸は責任をわしになすりつけようとしていたに違いない」

「そのようなことを聞いたら、草葉の陰で大木戸どのはどう思われましょうか」

「自業自得(じごうじとく)だ」

「なんと酷(ひど)い言いようではありますまいか」

「それだけのことをしでかしたのだ。止(や)むを得ぬ」

「そうであれば、大木戸家は改易となりましょうか」

剣一郎はきく。

「それはわしが決めることではない」

「ぜひ、高木さまからも相模守さまにお約束を守るようにお口添えを」

「相模守さまは関係ない」

「どうしてそう言い切れるのですか」

「なに？」

「大木戸どのの背後に相模守さまがいるとは思わないのでしょうか。なぜ、仲間でないのに相模守さまは関係ないと言えるのでしょうか」

「これ以上、そなたと益のない話をしても意味がない」

高木は話を切り上げるように言った。

「隣の部屋に誰かがいるようですね」

剣一郎はさっきからひとの気配を感じていた。

「さすが、青痣与力だ」

高木は余裕の笑みを浮かべ、

「ならば、誰がいるかわかるであろう」

「藤四郎、勝蔵、益次では？」

高木は笑みを引っ込め、

「そなたのために死に追いやられた大木戸主水の仇を討ちたいと、三人はわしを頼ってきたのだ」

「それにしては、ずいぶん前からこの屋敷に駆け込んでいたようですね」

「ご託を並べるのもそこまでだ」

その言葉が合図のように、襖がさっと開いて侍姿の藤四郎が入ってきた。その後ろにいるのは勝蔵と益次だ。

「青柳さま。まさか、このようなところでお会いしようとは思いもしませんでした」

「そうかな。昨日、わしの手の者にあえて顔を出したのはわしを誘ったのではないか」

「わかっていらっしゃったのですか」

藤四郎は冷笑を浮かべた。

「この者は上州の百姓の出でな。餓鬼のころから剣術が好きで、二十歳前には道場で師範代を務めたほどの強者だ。青痣与力との立ち合いを望んでいるようだ」

「やはり、松倉太一郎を斬ったのもそなたか」

剣一郎は問いかける。

「そうだ。あの男が倉吉に加賀友禅を盗ませたことから、すべての歯車が狂っていったのだ」

「なぜ、松倉と倉吉の関係がわかった？」

「倉吉が死ぬ前に打ち明けた。松倉太一郎から聞いたとね。松倉は調子が良いだけの信用のおけない奴だった。組頭なんて高望みをしやがって」

勝蔵が横合いから言った。

「倉吉の行方はどうやって？」

「『春日屋』に現われた倉吉の顔を覚えていたからな。それに『春日屋』から逃げたあとを追い続けた。あの男は岡っ引きを振り切って油断したようだ」

「そうか」

剣一郎は頷いてから、

「もうひとつ聞かせてくれ」

と、藤四郎に顔を向けた。

「加賀友禅の反物を所望したのはだれだ？」

「そんなこと、今さら知っても仕方ないでしょう」

藤四郎が突き放すように言った。

「なぜ、その者は加賀友禅のことを知っていたのだ？」

「それが答えだ」

「なに？」

藤四郎の意味深な言葉に、剣一郎はあることが脳裏を駆け抜けた。

「青痣与力、命はもらった」

藤四郎が抜刀した。

「一度、わしを襲った浪人がいた。そなたの差し金だな」

剣一郎は確かめる。

「そうだ。襲撃には失敗したが、青痣与力の腕を確かめることが出来た。だから、青痣与力に刀を持たせない状態で襲わねばならぬとわかったのだ」

藤四郎が正眼に構えた。

剣一郎はあとずさった。大刀は預けたままだ。勝蔵も益次も匕首を構えて迫った。

「高木さま、このような無法を許されるのか。大木戸主水どのの恨みを晴らさせてやりたいと言いましたが、この者たちの主人は高木さま、あなたではありませんか」

剣一郎は高木を問い詰める。

「そなたはお奉行から探索を止められている身。一介の浪人に過ぎぬ。狼藉者を殺しても言い訳が出来る」

高木は含み笑いをし、

「藤四郎、斬れ」

と、叫んだ。

藤四郎が上段から踏み込んできた。剣一郎は横っ飛びに逃れ、さらに横一文字に襲ってきた剣を後ろに飛び退いて躱す。

「さすがだ。俺の初太刀を避けるとは」

藤四郎は片頰を歪めた。

剣一郎は落ち着いて言う。

「座敷では天井が気になり、大きく剣を振りかざせまい」

藤四郎は八相の構えで迫った。

「逃げてもすぐ壁だ。諦めよ」

剣一郎は脇差を抜き、切っ先を相手に向けた。

「覚悟」

藤四郎は強引に迫った。剣一郎も相手目掛けて足を踏み込む。相手の剣が振り下ろされた。

剣一郎は脇差で相手の剣を受け止め、すばやく相手の胸元に飛び込む。胸倉を摑もうとしたが、藤四郎は飛び退いた。

そこに勝蔵と益次が、匕首を腰の位置に構えて左右から突進してきた。正面に、藤四郎の剣。剣一郎は左右の匕首を脇差で交互に弾いた。その刹那、藤四郎の鋭い剣が正面から迫った。

剣一郎はあとずさった。が、すぐに背中が壁とぶつかった。

藤四郎が凄まじい形相で迫る。左右から勝蔵と益次が近付く。

「青痣与力、もうおしまいだ」

「どうかな」

「負け惜しみか」

剣一郎は腰から脇差の鞘を抜き取り、素早く左手にいる勝蔵目掛けて投げつけた。勝蔵があっと叫び、そのほうに気をとられた益次の隙をついて飛びかかった。

益次の腕を摑み、藤四郎のほうに突き飛ばす。藤四郎が益次の体を避けた刹那、剣一郎は藤四郎に向かった。

藤四郎もあわてて剣を構え直したが、剣一郎の動きのほうが速かった。脇差の切っ先が藤四郎の腕を掠めた。

うっと、藤四郎が呻き、体がよろけた。そこに剣一郎は瞬時に間合を詰めて藤四郎の足を払った。藤四郎は宙に浮かんで背中から落ちた。

剣一郎は仰向けになった藤四郎の喉元に切っ先を突き付け、

「動くな」

と、相手の動きを封じ込めた。

「出合え」

高木が叫んだ。

袴の股立をとったたすき掛けの侍が三人、剣を手に駆けつけてきた。

「高木さま。これ以上の抵抗は無駄です。高木家を潰すつもりですか」

「なに？」

「これ以上の騒ぎになれば、隣家も異変に気づきましょう。お目付に知られますぞ。さすれば、相模守さまにもご迷惑が及びましょう」

剣一郎は威し、

「もはや、これまででございます。どうぞ、観念を」

「………」

高木は茫然と立ちすくんでいた。

「ご家来衆、主を思うのであれば、藤四郎、勝蔵、益次の三人を捕らえて奉行所に差し出すのだ」

剣一郎は剣を構えている侍たちに叫んだ。

「殿、ご決断を」

用人が現われ、高木に迫った。

「ならぬ」

「いえ、もはやこれまでにございます」

用人は侍たちに、

「この三人を縛り上げ、奉行所に連れて行くのだ」

と、鋭い声で命じた。

「青柳さま」

用人は剣一郎に声をかけた。

「私の責任で、必ずこの三人を南町までお届けいたします。どうか、この場は私に」

「わかりました。お任せいたします」

剣一郎はこの用人ならだいじょうぶだと思った。

五

数日後の夜、日本橋西河岸町にある料理屋の奥座敷に着くと、すでに相手は来ていた。

剣一郎は座敷に通されたあと、その男の前で低頭した。二重顎の大柄な男だ。老中の磯部相模守だった。

「遅くなりました」

「いや、わしが早過ぎたのだ。青柳剣一郎か」

「はっ」

「わしに話とは何か」

相模守が真剣な眼差しできいた。

「その前になぜ、私のような一介の奉行所与力の申し出を受け入れられて、お会いくださったのでしょうか」

「このたびの献上品紛失に関わる件を、見事解決した青痣与力に興味を覚えただけだ」

「恐れながら、見事解決とはほど遠い結末にございました」

　剣一郎は無念の思いを腹の底に沈めた。

「ほう、なぜだ？」

「事件は御納戸組頭大木戸主水どのと西の丸御納戸衆の松倉太一郎が町人の藤四郎たちとともに起こしたものとされました。しかし、実際にはもっと他にも関わった者がおります」

「しかし、証はなかったのではないか」

「はい」

「ならば、いいではないか。大木戸主水と松倉太一郎は死に、藤四郎と他のふたりは高木哲之進の家来が奉行所に突き出したそうではないか。それで十分であろう」

「それだけの者で長年の窃取を行なえたと考えるには少し無理があります。御納戸方にも他に手を貸していた者がいたのではないでしょうか」

「それは考え過ぎであろう」

「特に、高木さまは……」

「言ってなかったが、高木は自身の家来だった者が大木戸主水に加担していたという事実の責任をとり、御納戸組頭の職を取り上げられ、小普請(こぶしん)入りとなった」

「そうですか。てっきり改易になるものと思っておりました。寛大な処分だったと思います。当然、その寛大さは大木戸家にも向けられましょうか」

「………」

「大木戸家は倅の小太郎どのがあとを継ぐことで間違いありませんか」

「なぜ、そのことを？」

「大木戸どのはその約定を得て、一身に罪を背負って自刃いたしたのです。ぜひ、その約束をお守りくださいますよう」

　先祖代々の墓に、相模守が誓約した書付が残っていたのを小太郎が確かめたのだ。

「ゆめゆめ、約束を違(たが)えようなどと思わないようお願いいたします。万が一、約束が守られないとわかったとき、私は一切を告白した大木戸主水どのの書置きを公(おおやけ)にする所存」

「書置きだと？」

「大木戸どのは万が一にそなえ、事件の一切を告白した書置きを相模守さまが認めた誓約とともに墓の下に隠しておりました」

「……………」

「ご心配なきよう願います。その書置きは小太郎どのがどこかに隠し、我らも見ておりません。大木戸家の存続が許されるのなら、その書置きを我らが目にすることはありませぬ。ただ、大木戸どのの死を賭した約束を果たしてくださるようお願いに上がった次第でございます」

「誓約とか書置きとか何を言っているのかわからぬが、小太郎によって大木戸家が存続するのは間違いない」

「まことでございますか」

「武士に二言はない」

「安心いたしました」

「用はそれだけか」

「はい」

「青柳剣一郎。きょうはそなたと会えてうれしかったぞ」

そう言い、相模守は立ち上がった。

隣から、屈強（くっきょう）な武士がふたり現われた。

「また、縁があったら会おう」

そう言い、相模守は部屋を出て行った。


ふつか後、剣一郎は今度は加賀前田家の上屋敷にて、用人榊原政五郎と御納戸奉行の助川松三郎と向かい合った。

「本日は例の献上品の騒ぎが決着いたしましたので、そのご報告に上がりました」

剣一郎は切り出す。

「それはわざわざ御苦労でござった」

榊原が答えを引き取り、

「加賀友禅の反物は無事に富士見御宝蔵に返されたそうですね」

と、助川が口を開いた。

「さようです」

「それはなにより」

榊原が頷きながら言う。

剣一郎は事件の経緯をかい摘(つま)んで話したあと、

「そもそもは、倉吉という盗っ人が呉服屋の『近江屋』から盗んだ加賀友禅の反物を、古着屋に持ち込んだことから発覚いたしました」

と、話した。

「一味のやり口は献上品を受取り、御宝蔵に収蔵する前に窃取し、受取りの台帳などを改竄するというものでした。ですから、窃取した献上品は一度も御宝蔵に収蔵されず、『近江屋』に運ばれていたのです。ところが、加賀友禅の反物のみは御宝蔵に収蔵されてあったのを盗み出しています。安物の反物とすり替えて……」

剣一郎はふたりの顔を交互に見て、

「なぜ、加賀友禅の反物だけが他と違ったのでしょうか」

と、きいた。

「なぜ、でござるか」

助川がきく。

「もともと加賀友禅の反物は盗むつもりはなかったのです。だから、ずっと収蔵され、記録も残されていた。ところが、最近になって、『近江屋』が客から加賀友禅の反物が欲しいと頼まれたのでしょう。だから、予定になかった献上品の窃取ということになったのです。この反物を、御納戸衆の仲間が倉吉を使って盗ませたのです。いや、最初から狙いがこの反物であったか、たまたま盗んだものが加賀友禅の反物であったのか、ふたりとも死んでおり、知るべくもありません」

剣一郎は息継ぎをし、

「いずれにしても、倉吉がこの加賀友禅の反物を盗んだことで事件が発覚したのですが、気になるのは加賀友禅の反物を欲した『近江屋』の客です」

「………」

「その客はどうして御宝蔵に加賀友禅の反物が収蔵されていることを知っていたのでしょうか。そもそも、なぜ加賀友禅の反物を欲したのか」

榊原も助川も表情が険しくなった。

「いかがでしょうか。加賀友禅の反物を献上したことを知っている商人はいらっしゃいますか。ご当家出入りの商人にそのようなお話をしたことはございますか。いかがですか」

剣一郎はもう一度、ふたりの顔を交互に見た。

「酒の席で、そのような話をしたことはあるかもしれない」

榊原が呟くように言う。

「では、その商人が加賀友禅の反物を欲するでしょうか。ご当家が将軍家に献上したものを欲するでしょうか」

「青柳どのは何が仰りたいのですか」

助川の声が震えた。

「はっきり申し上げましょう。『近江屋』に加賀友禅の反物を手に入れて欲しいと頼んだのはご当家のどなたかではありませんか」

「ばかな。なぜ、そんなことを」

榊原はあわてた。

「わけはわかりません。ひょっとしたら、あの反物はかなり貴重なものだとわかったからとも言えなくもありませんが」

「ばかばかしい。そんな証があるのか」

榊原が憤慨する。

「こちらに出入りをする富商の主から『近江屋』の噂を聞いて思いついたのかもしれません。ですが、奉行所でいろいろ商家の旦那衆に当たったのですが、『近江屋』から反物を買ったという者は誰もいませんでした。献上品についての奉行所の調べということで、誰もが口をつぐんでいるのだとも思えますが」

「我らとは関係ない話のようでござるな」

榊原は突き放すように言った。

「失礼いたしました」

剣一郎は最初から正直に言うはずはないと思っていた。


その日の夜、八丁堀の屋敷に太助がやって来た。

庭の梅の花も満開で、濡縁に出て心地よい夜風にあたりながら酒を呑んだ。

「文七郎さまも職場に復帰なさったそうですね」

太助が剣一郎に酌をしながら、

「多恵さまもお元気になられて安心いたしました」

「うむ。気丈に振る舞っていたが、内心は穏やかではなかったろうからな」

そこに多恵がやって来た。晴れやかな表情だ。

「お酒、まだありますか」

「ええ。だいじょうぶです」

「太助さん、たくさん呑んでくださいね」

「へい」

「そなたもさぞ心労が募ったであろう」

剣一郎はいたわった。

「いえ、それほどでもありませんでした。おまえさまや太助さんを信じておりましたから」

多恵は微笑んだが、微かに眉を寄せた。

「あとの心配は嫁だけです。文七郎はあまり女子に心が動かされないような気がして……」

「そんなことはありませんよ」

太助がすかさず口にした。『うら川』の女中おのぶのことが脳裏に浮かんだのだろう。

「太助さん、何か知っているの？」

「いえ、そうではありません」

太助はあわてて言った。

「そう。それから、太助さんのお嫁さんも探さないとね。あら、お酒が少ないですね。今持ってきますね」

多恵は声を弾ませて言い、部屋を出て行った。

「復帰なさって、文七郎さまはどうでしょうか」

太助が猪口(ちょこ)を口に運んで言う。

「うむ。御納戸頭、そして同輩の松倉太一郎もいなくなり、御納戸方もたいへんなようだ」

「でも、小太郎さんが大木戸家を継ぐことが出来てようございました」

「うむ。納得の行く解決は出来なかったが、これでよしとしなければなるまい」

「藤四郎らはどうなりますか」

「三人は獄門になるだろう。三人とも度胸(どきょう)が据わっていて、獄門を恐れていないようだ。吟味にも堂々としているときいた。『大福屋』の福太郎のこともかばい、『近江屋』が献上品を売った客の名も一切言おうとしないようだ」

「ある意味、骨のある男たちですね」

太助が感心して言う。

「そうだな」

出来ることなら、加賀友禅の反物を欲した客の名だけでも教えてもらいたかったが、藤四郎は決して喋らないだろう。

ふと一陣の風が吹いた。

夜空を舞って白い花びらが濡縁に届き、剣一郎の手にしている猪口に飛び込んだ。酒に梅の花が浮かんでいる。

剣一郎は思わずあっと叫んだ。

「青柳さま、どうかいたしましたか」

「加賀梅鉢（うめばち）だ」

「加賀梅鉢？」

「加賀前田家の家紋だ」

剣一郎は風と花びらが、藤四郎に代わって教えてくれたのだと思った。

加賀友禅の反物を欲したのは前田公自身なのではないか、と。

「しかし、なぜ……」

献上品窃取の一味を捕えたが、すべてが解決したわけではない。黒幕の老中磯部相模守に迫ることは出来なかったのだ。剣一郎もこのままで済ますつもりはないが、相模守とて黙って引き下がるとは思えない。必ず報復に打って出てくる。

宵闇（よいやみ）の空にひとつの大きな星が瞬（またた）くのが見えた。その星が放つまがまがしい光が剣一郎の胸に微かな不安を呼び起こしていた。

宵の凶星

一〇〇字書評

切り取り線

購買動機（新聞、雑誌名を記入するか、あるいは○をつけてください）	
□（　　　　　　）の広告を見て	
□（　　　　　　）の書評を見て	
□ 知人のすすめで	□ タイトルに惹かれて
□ カバーが良かったから	□ 内容が面白そうだから
□ 好きな作家だから	□ 好きな分野の本だから

・最近、最も感銘を受けた作品名をお書き下さい

・あなたのお好きな作家名をお書き下さい

・その他、ご要望がありましたらお書き下さい

住所	〒				
氏名		職業		年齢	
Eメール	※携帯には配信できません	新刊情報等のメール配信を 希望する・しない			

この本の感想を、編集部までお寄せいただけたらありがたく存じます。今後の企画の参考にさせていただきます。Eメールでも結構です。

いただいた「一〇〇字書評」は、新聞・雑誌等に紹介させていただくことがあります。その場合はお礼として特製図書カードを差し上げます。

前ページの原稿用紙に書評をお書きの上、切り取り、左記までお送り下さい。宛先の住所は不要です。

なお、ご記入いただいたお名前、ご住所等は、書評紹介の事前了解、謝礼のお届けのためだけに利用し、そのほかの目的のために利用することはありません。

〒一〇一－八七〇一
祥伝社文庫編集長　坂口芳和
電話　〇三（三二六五）二〇八〇

祥伝社ホームページの「ブックレビュー」からも、書き込めます。
http://www.shodensha.co.jp/bookreview/

祥伝社文庫

宵の凶星 風烈廻り与力・青柳剣一郎

平成31年 4月20日　初版第1刷発行

著　者　小杉健治

発行者　辻　浩明

発行所　祥伝社

東京都千代田区神田神保町 3-3
〒101-8701
電話　03（3265）2081（販売部）
電話　03（3265）2080（編集部）
電話　03（3265）3622（業務部）
http://www.shodensha.co.jp/

印刷所　堀内印刷

製本所　ナショナル製本

カバーフォーマットデザイン　中原達治

Printed in Japan ©2019, Kenji Kosugi　ISBN978-4-396-34516-7 C0193